AF220673

1. Auflage Dezember 2015
4. Auflage Februar 2021
© 2021 Paul, Marcel J.
Herstellung und Verlag: BoD – Books on Demand, Norderstedt
ISBN: 978-3-7526-4297-1

Marcel J. Paul

Die Banalität der Andersartigkeit

Erzählungen und Gedichte

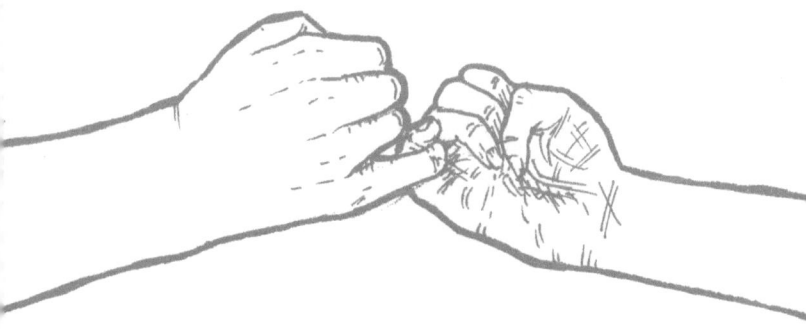

Marcel J. Paul, geb. 1998 in Berlin-Biesdorf, ist ein deutschsprachiger Schriftsteller der Lyrik und Prosa. Neben dem Charakteristikum, anders zu sein, ist es für ihn essentiell, die Welt zu verändern. Er selbst bezeichnet sich als Antifaschist, Träumer, Feminist und Gesellschaftskritiker, was sich ebenfalls in seinen Gedichten und Erzählungen wiederfinden lässt. Sein Debütwerk *» Die Banalität der Andersartigkeit «* (2015) steht maßgeblich für sein Streben, steife Instanzen der Gesellschaft zu durchbrechen. Seine Werke wurden bereits für die Bibliothek deutschsprachiger Gedichte sowie für die Frankfurter Bibliothek der Brentano-Gesellschaft ausgewählt und aufgenommen.

Gewidmet den Menschen,
die anders sind.

Gewidmet denen,
die kämpfen.

Vorwort zur vierten Auflage

> » Warum? Warum ich lebe?
> Vielleicht aus Trotz? Aus purem Trotz. «
> – Wolfgang Borchert

Liebe Leserinnen und Leser,

mein ganzes Leben lang philosophiere ich schon darüber, was mich *anders* macht. Dass ich diese Eigenart *an* und *in* mir besitze, diese Andersartigkeit, war mir schon sehr früh bewusst gewesen und wurde mir durch meine Umwelt unverblümt vermittelt. Mit dem Wunsch mich selbst zu *finden*, mich selbst erklären zu können, habe ich den Weg des Schreibens eingeschlagen. Seit 2014 versuche ich, mich selbst zu ergründen, versuche, die Welt, die sich um mich herum befindet, besser verstehen zu können. Ich suche nach einer Lösung, die Andersartigkeit erklären zu können. In jeder Erzählung, die Sie in diesem Buch finden werden, ist, wie es bei jedem Textfragment der Fall ist, ein Stück von mir selbst verborgen, ein Stück meiner eigenen Andersartigkeit. Jede Erzählung gibt mir im Augenblick ihrer Niederschrift und Erinnerung die Möglichkeit, zu verstehen, was Andersartigkeit bedeutet und wer ich selbst bin. *Die Banalität der Andersartigkeit* soll aber schließlich nicht nur *mir* dienen, sondern *allen;* allen, die sich damit verbunden fühlen, *anders* zu sein. *Die Banalität der Andersartigkeit*, so sagt es schon der Name, will darauf hinweisen, dass es schlussendlich gleichgültig ist, *ob* und *wie* man *anders* ist, sich von anderen, die meinen, der Normalfall zu sein, unterscheidet oder eben nicht. Im Endeffekt soll es darum gehen, glücklich zu werden, seine eigene Manifestation des Glücks zu finden, zu erkennen, dass auch Löwenzahn im Strauß voller Dahlien eine faszinierende Schönheit in sich trägt. Es sind Erzählungen von uns und euch, die Sie, liebe Leserinnen und Leser, in diesem Buch wiederfinden werden. Sie sind Bruchstücke eines *anderen*, vielleicht Ihres *eigenen* Lebens, ungeahnte Ewigkeiten. Andersartigkeit wird von *Protagonisten* gelebt. Ich schreibe ihre Erzählungen nur auf, mehr mache ich nicht. Daher ist es wohl auch nicht unwahrscheinlich, dass sich gerade jene, die sich stets als überaus *anders*, unverstanden und einsam ansehen, in diesem Buch wiederfinden werden. Die *Andersartigkeit* schreibt bemerkenswerte und interessante Erzählungen, nicht standardisierte Begebenheiten mit vereinheitlichten Persönlichkeiten. Niemand wird Protagonist, der sich wie die Masse verhält. Daran sollten wir immer denken, wenn wir an uns zweifeln, nur weil wir ›anders‹ genannt werden. Trotzen wir also jedem Versuch, der uns darum bittet, der uns dazu *drängt* und *zwingen* möchte, genauso wie die meisten zu sein. Trotzen wir allem, nur um uns selbst treu zu bleiben. Schaffen wir uns somit ein Fundament, das wir als ›ich‹ betiteln können.

Ich hoffe mit ganzem Herzen, dass alle, die dieses Buch in der Hand halten, durch die Texte ihre eigene Zufriedenheit finden. Ich wünsche mir, dass Glück auch *abseits* von Vorstellungen und Idealen existieren kann, die von den meisten als normal, als wichtig, als gar *einzig richtig* betrachtet werden. Ich glaube fest daran, dass ich mit meinem Schreiben die Welt verändern werde. Dieses Werk ist nur eins von vielen, die noch verfasst werden. Vielmehr noch: dieses Werk ist nur der Anbeginn einer neuen Zeit, *unserer* Zeit, in der wir verstehen, dass ›leben‹ mehr ist, als dazugehören zu wollen. Das Leben ist mehr, als dazugehören zu *können*.

Ihr

Marcel J. Paul

Willkommen

Tritt ein
in meine Gedanken
mit dem Schein
anders zu sein

Bitte
sieh dich doch um
und frag vielleicht
nach dem ›*Warum*‹

Such dir was aus
tritt wieder hinaus
Mit meinen Worten in deiner Hand
reise in ein *anderes* Land

Sag, du *verstehst*
Sag, du *verdrehst*

und dennoch nicht *erkennst*

Briefe eines Anderen
Gewidmet meiner Deutschlehrerin

Mme. **Geraldine**,
134 Rue de Wilhelm de Siemens
75016 Paris (Île - de - France)

Madame Geraldine,

ich bekam von der Schließung Ihres Ladens mit, mein aufrichtiges Beileid. Ich bin sicher, dass Sie trotz (oder gerade wegen) Ihres beträchtlichen Alters noch sehr viel Vergnügen in Ihrem Leben erfahren werden!

Wie geht es Ihnen, wie war der Urlaub in Bad Kissing?

Ich hörte letztens von einer Diskussion über die Rollenfunktion des Mannes in unserer heutigen Zeit und Situation. Man debattierte über Fortschritt und Verstand auf der *einen*, und über Tradition und Gesellschaftsbilder auf der *anderen* Seite. Meine Entscheidung bezüglich der Thematik war mir schnell vergönnt! Dennoch würde ich Sie gerne fragen wollen:

Was macht einen Mann aus?

Wissen Sie, es erschloss sich mir, dass wir von Vorurteilen über *den* Mann, *den* perfekten, geblendet sind. Madame, erlauben Sie mir die Frage, was macht ihn denn aus? Erlauben Sie mir die Versuche, die Vorurteile zu verstehen! Manchmal muss jeder, auch ich, den Teufel kennenlernen, um gegen ihn sprechen zu können.

Ich ging auf die Straße, setzte mich in ein Café. Mein Blick analysierte das Verhalten der Männer exakt, auch die Reaktionen ihrer weiblichen Begleitung interessierten mich. Faszinierenderweise waren die Herren übrigens niemals in Begleitung eines anderen Herren gewesen, sondern nur mit Damen im Café. Ist diese Einfältigkeit nicht bemitleidenswert? Es ist so üblich, nicht? Da war ich also und überlegte. War dies das typische Verhalten eines Mannes, das sich mir dort offenbarte? War es, dass er derjenige zu sein schien, der jeden und alles zerstört, gleichsam den Retter spielt und der Beste sein will? War *das* der seidene Faden, an dem die Würde meiner männlichen Kameraden hing und damit auch scheiterte? Mussten sie wie eine Marionette unserer Gesellschaft immer die gleichen Charakteristiken erfüllen? Ich will das nicht glauben, doch bin ich fest davon überzeugt. Dafür schäme ich mich zutiefst, es ist erschütternd. Aus meiner Sicht straft es mich selbst, in meinem Körper und mit den daraus resultierenden Vorurteilen behaftet zu sein. Muss ich mich denn diesen Idealen gleichsam hingeben? Muss ich *denselben* Gang und *dieselben* Interessen vertreten, als sei ich ein kleines Zahnrad von vielen? Muss ich denn einer dieser alten und selben Narren sein? Nein! Nein, Madame Geraldine! Ich bin kein Zahnrad in einer überholten Maschinerie. Ich bin mein eigenes Uhrwerk! Meine Zeit läuft, wie ich es will. Mein Leben geht, wie es muss.

Aber so sehe ich doch selbst vor mir diesen typischen Mann mit den schwarzen Haaren und dieser lässigen Sonnenbrille, wie er jedem Mädchen imponiert. Wie er jedem Mädchen imponieren *muss?* Macht *dies* einen Mann aus? Kann *das* unsere Realität sein? *Ist* das so? Und vor allem, *muss* es so sein? Es sind Fragen über Fragen und niemand kann sie mir beantworten, *niemand.* Aber vielleicht können *Sie* mir den Schlüssel meiner Sehnsüchte zeigen, vielleicht.

Wissen Sie, wir leben im 21. Jahrhundert. Wir erfinden täglich *neue* Gerätschaften, können die Welt bereisen und die Frau ist emanzipierter denn je. Korpulente Damen gelten *wieder* als schön und werden akzeptiert, die Welt hat sich gewandelt! Ja, stellen Sie sich vor, *wir* haben *uns* gewandelt! Wir sind so anders geworden, wir sind endlich *so* verschieden. Ich wünschte, Sie könnten es sehen, oh, wie würde ich mir das wünschen. Sehen Sie doch, wie *schön* wir alle sind! Dennoch bleibt dasselbe Bild. Es bleibt dasselbe verstaubte, ja, es bleibt ein wahrhaftes *Gemälde*, welches man nicht entfernen kann; gemalt und kreiert, verbessert und verfeinert, je älter die Menschheit wurde. Madame, dabei steht es doch nur in unseren *Köpfen*. Männer sind zeitlebens mit absurden Vorurteilen behaftet und das nur, weil es in unseren Erwartungen steht. Man erwünscht sich bestimmte Dinge, die Männer erfüllen *müssen*, um anerkannt zu *werden;* damit man sie als attraktiv wahrnimmt und akzeptiert.

Wann wird aus dem ›Muss‹ ein ›Kann‹?

Madame, wir können es nicht ändern, das ist mir bewusst. Ich kann die Welt nicht korrigieren oder schönreden, aber ich kann ihre Probleme benennen. Das ist eine traurige Feststellung, die ich einst treffen musste, um mich selbst zu schützen. Ich musste meine Träume und Wünsche geheimhalten, um nicht an ihnen zu zerbrechen. Denn, was blieb mir anderes übrig? Sollte ich in einer Welt mit falschen Idealen leben?

Sie können gar nicht glauben, welche Charakteristiken sich mir nun in diesem Etablissement offenbarten. Es war mir unmöglich, alle aufzuzählen, geschweige denn, sie nach ihrer schwindenden Sinnhaftigkeit zu bewerten. Was meinen Sie, Madame, welches Charakteristikum könnte eine Rollenfunktion in ihrer Schönheit noch aufrechterhalten? Macht der *Körperbau* einen Mann, einen *richtigen*, aus? Sind es die *Muskeln*, die er sich antrainiert, um in dieser Welt akzeptiert zu werden und bestehen zu bleiben? Ja? So würd' ich nicht mehr leben wollen, ich könnte nicht. Das klingt ziemlich bemitleidenswert. Bitte verstehen Sie mich nicht falsch.

Aber wäre dies *schlecht*? Wäre dies *schlechtes* Verhalten, wäre *ich* demnach ein *schlechter* Mensch, nur weil ich so denke und handle? Bin ich schlecht, nur weil ich die Konsequenz eines Lebensendes akzeptiere, um mich selbst vor Schlimmerem zu bewahren? Ist es schlecht, dass ich mich etwas entziehen muss, um nicht daran zugrunde zu gehen? Wissen Sie, eine perfekte Welt mit perfekten Menschen braucht mich nicht; und damit meine ich nicht, dass ich *unvollkommen* bin.

Madame, was ich mich frage; warum sehen wir denn nur das *Schlechte* im Menschen? Warum muss man sich immer an diesem Schlechten ausrichten? Sollte es nicht anders sein? Ich sehe es als Tugend, Menschen so zu akzeptieren, wie sie sind, sie mit all ihren Marotten und ihren Fehlern anzunehmen, mit all ihren fabelhaften Problemen. Dies macht uns doch erst *menschlich*, irre ich mich? Es sind die Kleinigkeiten, die uns ausmachen, die zeigen, dass wir eben *nicht* wie jeder andere sind. Menschen sind *individuell*, sie sind keine Maschinen, die alle gleich sind und sein müssen, weil sie ein und dieselbe Funktion zu erfüllen haben. Schade, dass diese Ansicht immer mehr im Geist der Zeit vergeht, vielleicht bemerkt es ja jemand irgendwann. Irgendwann wird jemand vielleicht meine Gedanken verstehen. Hoffen wir darauf, Madame Geraldine. Hoffen wir darauf, dass jemand meinen Gedankengang erkennt und ihn weiterführt.

Das Traurige daran ist wohl, dass, obwohl ich mir in diesem Brief mein Herz ausschütte und die Welt eigentlich befreien will, viele das doch sowieso alles abstreiten werden. Damit möchten sie wohl sicher ihre Maske, ihre vermeintliche Stärke beschützen. Und ja, demnach bin vielleicht auch nur *ich* es, der so denkt. Legen Sie nicht für mich die Hand ins Feuer. Darum bitte ich Sie inständig.

Ein weiterer Aspekt, der mich belastet, der übrigens auch in dieser harschen Diskussion fiel, ist, worüber man spricht, worüber man *denkt*, wenn das Wort der

Andersartigkeit fällt. Wie können wir mit dem Gedanken *normal* weiterleben, dass es Menschen gibt, die vor unserem Gesetz nicht gleichwertig sind mit jenen, die sich den alten Sitten hingeben? Mit den Worten von Sophie Scholl, einer bemerkenswerten Frau: » Das Gesetz ändert sich, das Gewissen nicht. « Haben wir denn nichts dazugelernt? Ich finde es abstoßend, in dieser Zeit zu leben, ohne diese Menschen anzuerkennen. Wissen Sie, warum sollten diese Menschen *nicht* heiraten dürfen? Warum sollten diese Menschen *keine* Kinder haben? Warum sollten diese Menschen *nicht* die Freiheit erleben können, die sie brauchen und verdienen? Wenn ich das weiterführe, dann sind es doch gar nicht *andere, dann sind sie doch wie* wir!

Wann verstehen wir das endlich?

Sie ist abstrakt, diese Welt, furchtbar. Was meinen Sie dazu? Kann das alles so weitergehen?

Ich kann und will es nicht verstehen, warum wir Menschen so sehr von unseren Vorurteilen geplagt werden und wir uns das Leben so schwer machen *müssen*. Wir sind aufgeklärt, wir müssten wissen, dass unsere *christliche* Kultur und die anderen verschiedensten *moralischen* Leitlinien der Welt nicht in *allem* Recht haben, vor allem nicht im Konzept des *Menschenbilds*. Der Mensch und seine Freiheit ist wohl das höchste Gut, welches wir vorzuweisen haben; dieses Konstrukt aus vermeintlicher Intelligenz und jahrelanger Evolution. Das Endprodukt unserer Bemühungen, unseres Egoismus' ist dies? Vorurteile und eine zerstörte Welt? Es ist eigentlich unfassbar, wie missgeleitet wir sind.

Oh, Madame Geraldine, wissen Sie, was es mich für Überwindung kostet, diese Briefe an Sie zu adressieren und dennoch niemals abzuschicken? Ich bin davon überzeugt, sollte ich sie Ihnen jemals zukommen lassen, werde ich aufgrund dieser Einstellung in einer Monogamie enden. *Aber das wäre es mir wert!* Wenn niemand davon spricht, muss es doch *einen* geben, der diese Wörter unzensiert erzählt, unseren Kindern, damit sie von uns lernen. Unsere Kinder können unser Verhalten verbessern. Sie sind der Schlüssel!

Ich bin mir über die Folgen meiner Gedanken bewusst.

Demnach habe ich mein Schicksal erkannt; mehr als manch anderer meines Alters und der damit verbundenen Erfahrung. ›*Anders zu sein*‹ scheint unsere heutige Todsünde und ich stolziere geradezu hinein, ohne dass mich jemand aufhält. Ich würde auch gar nicht aufgehalten werden wollen. Das wäre ja dann nicht mehr *ich*. *Ich will es so, Madame!*

Niemand außer uns weiß davon, Madame. Lassen Sie uns dieses Geheimnis hüten. Lassen Sie uns dieses Geheimnis bewahren und es als Unseres betiteln, Madame.

Ich bin sehr froh, Ihnen begegnet zu sein. Wissen Sie, Sie waren die erste Frau, der ich alles erzählen konnte, ohne mich dafür schämen zu müssen, wie schwach ich doch war und ich es wohl immer noch bin. Ich bin froh, dass Sie mit mir meine Gedanken teilen und mir einen Halt gegeben haben. Dies ist nicht einfach, das ist mir bewusst; besonders in dieser Welt, in der ich nicht dazugehöre; in einer Welt, in der ich nicht zu den ›*Normalen*‹ zähle.

Vielleicht habe ich auch zu viel erwartet.

Mit bestem Gruß und auf ein baldiges Sehen im Flur,

Die Schauspielerin
Gewidmet meiner Psychologielehrerin

Ihr Blick ist vertieft
das Lächeln gewieft
Sie spielt ganz gelassen
Ihre Augen verblassen

Sie lächelt dich an
tanzt, was sie kann
hat das schönste und beste
Herz reinster Weste

Dabei hat sie es nicht leicht
ist geheimnisvoll, wenn es ihr reicht
Sagen tut sie nichts
Sie ist uns're Erbin des Lichts

Besonderheit

Es ist nicht mehr das
worüber man spricht
denn etwas
hat sich *verändert*

Die Bedeutung ist fort
unauffindbar jedes Wort
welches einem so *schwer*
über die Lippen kam

Besonders zu sein
bedeutet: das gleiche *Heim*
in welchem man wohnt

Besonderheit
ist dieselbe *Stimmlichkeit*
im schwarzen Leid

Wer besonders ist
der allzu schnell vergisst
was er wirklich *ist*

Denn besonders zu sein
ergibt nicht mehr denselben *Sinn*
bei den Wörtern
die gehen dahin

Besonders ist normal geworden
bereit zu sein, wenn alle es sind
zu *morden*

›*Besonders*‹ ist nicht ›*anders*‹
wir sollten denken darüber
öfter

Linda

1963

In einem unbedeutenden Hinterhaus unweit der Zitadelle:

» Was möchtest du denn von Linda? Du könntest *jede* haben! « Joey musterte mich mit einem unmissverständlichen Blick, als wäre ich jemand *anderes*.

2015

Ich stehe am Rednerpult der großen hellen Kirche und überblicke den gefüllten Saal. Ich mustere Joey und Collin, einige Restliche die von meiner Schulklasse übrig geblieben waren, meine Kinder Matthew und Helena sowie Enkel und Freunde.

Ich stehe am Rednerpult und wische mir mit einem gemusterten alten Tuch die Schweißperlen von meinem Gesicht, befeuchte meine Lippen und ziehe meinen Mund etwas zusammen, starre nach rechts an das Bild des lächelnden Menschen mit dem schwarzen Streifen über der rechten Ecke. *So war sie, meine Linda.* Ich nicke zuversichtlich.

Ich stehe am Rednerpult und mein Herz rast. Die Minuten vergehen, die Menge murmelt und der Pfarrer möchte mich sanft zur Seite schieben, aber ich weiche keinen Millimeter. Ich weiche keinen Schritt von dem rustikalen Holztisch, der sich vor mir aufbaut. Es ist der Zeitpunkt gekommen, endlich zu sprechen; zu sprechen über das, was geschehen ist, was ich fühlte, wer ich *war* und wer ich sein *wollte*. Es ist der Zeitpunkt gekommen, meiner Linda zu danken und mich für immer mit ihr zu vereinen; in meiner Handlung, in meinem Denken und in meinem Weltbild. Dieser Tag, der dreiundzwanzigste Februar, dieser gehört *ihr*, der lieben *Linda*, die ihr Leben für die Freiheit der anderen opferte.

Bevor ich mit meiner entkräfteten Stimme einige Wörter sagen möchte, blicke ich erneut zum schwarzen Sarg mit den goldenen Ornamenten hinter mir, starre auf das liebevolle Blumengesteck, drehe mich zurück und sehe hinauf zur verzierten Decke. Gefühle überströmen meinen Geist. Was *kann* ich sagen, was *soll* ich sagen und was *muss* ich sagen? Ist *jetzt* der Zeitpunkt gekommen? *War* es endlich soweit? *Linda, befreie mich, ein letztes Mal.*

Schließlich schlucke ich.

» Ich hätte wirklich *jede* haben können. Der coole Junge mit der Sonnenbrille und der schwarzen Lederjacke war wohl imstande, jedes Mädchen zu seiner *eigenen* zu machen. « Ich sehe durch die Masse und blicke hinunter auf mein Blatt, das mit Notizen und Wörtern gefüllt gewesen war. Es war der richtige Einstieg, der richtige *Beginn*. Linda wäre stolz auf mich.

   » Seht es nicht falsch, dass ich mit mir beginne, aber damit ihr *Linda* versteht, müsst ihr *mich* verstehen. « Ein Raunen geht durch die Menge und mir rollt eine Träne die Wange hinunter, zitternd wische ich sie weg. Es war die erste von *vielen*, die mir heute aus der Seele sprechen sollten. Erinnerungen von längst vergangenen Tagen spiegeln sich in den kleinen Tropfen wieder. Jede Erinnerung ist ein *Geschenk* für mich und ein Zeichen dafür, dass Linda immer noch bei mir ist.

Ich ergreife mit dem nassen Finger das Papier und die Tinte verwischt.

» Ich, ich habe Linda oft *gesehen* «, sage ich und erinnere mich an meine ersten Tage voller Abneigung und die letzten Stunden meiner Gefangenschaft.

» Ich, ich habe Linda zuerst nicht geliebt «, stottere ich und hole kurz Luft. Jedes Wort befreit mich von meinen Schuldgefühlen, die ich niemals losgeworden bin, von den Strängen, mit der die Gesellschaft versucht, mich an sie zu binden.

» Linda hatte nicht unbedingt die Figur, die man sich von einem Mädchen ihres Alters vorstellt, sie war vielleicht nicht die Schönste und vielleicht auch nicht die Klügste. Doch Linda war *Linda Wagner*, Linda konnte leben, was ich immer *vermisste*. Ich suchte es vergebens, das Leben, doch das *wusste* ich nicht. Linda schenkte mir ihr Herz, obwohl ich es jeden Moment in meiner Hand zerdrücken oder mit den Jungs auf dem Hof damit hätte spielen können. Doch Linda vertraute mir und damit *verzauberte* sie mich. Sie war die erste, die mir wirklich *alles* erzählte und ihr Leben in *meine* Hände gab. Sie sprach mit mir und schenkte mir ihr Vertrauen, vielleicht war ich ja das *Besondere* in ihrem Leben, aber ich *erkannte* es nicht. Ich verstehe erst *jetzt*, dass nicht nur *sie* für *mich*, sondern auch *ich* für *sie* vollkommen *anders* gewesen war.

Jedes Mädchen, das ich kannte, hatte dieselben Vorstellungen. Sie hatten diese hässlichen Schleifen in ihren kaputten Haaren und trugen billige Stöckelschuhe, Gott verdammt, wie *unansehnlich gleich* sie alle für mich aussahen. Sie liefen denselben Jungs hinterher, verfolgten dieselben Ideale und waren schlussendlich allesamt dieselben Menschen. Niemand bewahrte sie vor dem grausigen Schicksal, *gleich zu sein*. Warum auch? Es war ja ganz *normal*. Es war normal, sich Ziele und Prioritäten zu setzen, die *andere* von einem nicht erwarten konnten. Linda schaffte es dabei kein einziges Mal, wie sehr sie sich auch verkleidete, dieses typische Mädchen zu sein. Ja, sie war zu *untalentiert*, um *normal* auszusehen und sich *normal* zu verhalten. *Natürlich*, Linda kam jeden Tag mit einer Perücke zur Schule. Linda schminkte sich manchmal wie ein Clown, vielleicht wie ein betrunkener. Linda zog Pumps und Sportschuhe gleichzeitig an.

Sie machte eben *das*, was sie *wollte* und damit war Linda nicht eins dieser Mädchen, die *nur* ein Mädchen sein *konnten*.

Linda war frei.

Linda war kein Mädchen für überspitzte Abende mit ›*Finger lackieren*‹ und ›*Übernachtungsparty*‹. Nein, Linda genoss *das*, was sie alles machen konnte. Sie nahm sich einfach das Glück, das sie umgab, *Maiglöckchen*, um selbst *glücklich* zu sein, *glücklich* werden zu *können*. Linda hatte ihr Leben im Griff und ich schäme mich noch heute dafür, ihr gesagt zu haben, dass sie *verrückt* sei.

Linda, es tut mir leid.

Ich hatte Linda an meiner Seite, weil sie mir die erste Zeit nur *leid* getan hatte. Sie tat mir leid, wie sie vor mir stand und nicht wusste, was sie *sagen* sollte. Ja, das kann ich jetzt auf diese Weise gestehen. Es war nun mal so, das muss ich einsehen, dass muss ich und das müsst auch *ihr* akzeptieren. Was hättet *ihr* denn getan? Sie ignoriert, *verachtet?* Hättet ihr das? Nicht einmal *euch* hätte ich das zugetraut. Niemand wollte etwas mit Linda zu tun haben; mit diesem Mädchen, diesen kaputten Haaren, mit der blassen Haut und dem Mädchen mit dem Tumor im Kopf.

Nein! « Ich klopfe auf den Tisch.

» Niemand von uns hatte das *Recht* dazu. Niemand von uns hatte das Recht dazu, sie zu missachten und ihr die Dinge vor Augen zu halten, die sie in unserem Weltbild als *anders* zeichnete, sie auszuschließen und zu verachten. *Nein*, dazu waren wir nicht *berechtigt!* Denn *wir* waren schuld daran, was sie mit sich anstellte, nicht, dass sie sich schnitt, nicht, dass sie sich die Haare ausriss, im Kampf mit sich selbst oder sich zu Hause im Badezimmer einschloss, nein. *Wir* waren schuld daran, wie sie damit umging. Denn *wir* waren wohl der *wahre* Tumor in ihrem Kopf. Das war alles ein Teufelskreis und ihr habt es nicht gesehen, ihr wolltet es auch nicht sehen, habe ich Recht? Ihr wart feige, feige Kreaturen! Und ihr habt *weitergemacht*. Ihr habt ihr ein *weiteres* Messer in den Bauch gerammt und noch eins. *Nein*, warum solltet ihr auch *Reue* zeigen? Mit unseren Worten und Blicken haben wir doch alles Gesunde an und in ihr *zerstört*. Gott, wie furchtbar wir doch alle waren. « Es kommt mir vor, als würde ich gegen Wände reden.

» Wir sehen aus, wie uns die Gesellschaft *formt*. Das ist *das*, was ich euch heute allen mitgeben möchte; Matthew und Helena, meine Kinder, Joey und Collin. Wir machen aus den Menschen *das*, was sie heute *sind*. Wir leben im ›Jetzt‹, doch ebnet das ›Jetzt‹, nicht den Weg für das ›Morgen‹? Wird unser Leben nicht durch *andere* Menschen geprägt? Hätten wir nicht alle *anders* handeln, sein und ihr Leben verbessern können? Was wäre geschehen, wenn *wir* anders gewesen wären? Was wäre passiert, wenn wir sie einfach nett begrüßt hätten? Welche Wünsche und Träume hätten sich durch nette Worte erfüllen können? « In diesem Moment wird mir bewusst, welche zerstörerische Kraft ausgesprochene Gedanken haben können. » Vielleicht wäre alles so viel besser gewesen, *vielleicht*. *Gott*, Linda war glücklich, ich war es nicht. *Ihr* wart es nicht. Niemand war so glücklich wie *Linda*. Niemand von euch riss sich zu Hause die Haare aus, um *glücklich* zu sein. Niemand kämpfte für sein Glück und seine Zukunft. Niemand machte sich diese Arbeit, weil wir es für selbstverständlich hielten. Unsere Einstellung hat sich bis heute nicht verändert.

Ihr jämmerlichen Menschen, ihr, ihr die ihr vor mir sitzt: Ihr seid die *wahren* Opfer, nicht Linda, nicht meine Frau, nicht meine Stütze. Nicht *ihr*, nicht *ich* waren die Probleme von Linda. Wir waren die Opfer von uns *selbst*, weil wir nicht *wir* sein konnten. Wir konnten nicht sagen, was wir *dachten*. Wir konnten nicht tragen, wonach wir uns *sehnten*. Wir konnten nicht ›wir‹ sein, ohne daran zu denken, was die *Masse* sagen würde. Im Leben geht es um die ›anderen‹, das wird am heutigen Tage wieder einmal deutlich. Nach all ihrem Leid sind es die ›anderen‹, die im Zentrum von glücklichen Erzählungen, ruhmreichen Geschichten und bewundernswerten Legenden stehen werden. Es sind nicht *wir*, die normalen, deren Leben wie das eines jeden ist, über die man später einmal sprechen, auf die stolz zurückgeblickt wird. Wir sind hemmungslose Opfer, die blind in die eiserne Jungfrau laufen: Die Menschen und ihre Gedanken durchbohren uns, den Gedanken an uns selbst geben wir auf. Wir sind zu scheu, ›selbst‹ zu denken. Wir sind zu ängstlich, um *wir* zu sein.

Rückblickend kann ich sagen, dass ich *gerne ›anders‹* gewesen wäre. Ich wäre gerne ein *Unikat* geblieben. Aber ich war es nicht, weil ich mich geschämt habe. Ich habe es nicht gemacht, weil *niemand* es getan hat. Deswegen wurde auch *ich* schließlich ein ›niemand‹. Ich hätte gerne Kleider getragen. Ich hätte in unserer liberalen Welt, wo jeder *alles* sein konnte, *gerne* die Freiheit genossen, die mir über all die Jahre zur Verfügung stand. Die Menschen können sein, wie sie sein *möchten*. Man zeigt und gaukelt uns vor, wie leicht es ist. Auch *meine* Worte scheinen so, als sei es eine ›einfache‹ Aufgabe, selbst zu sein, als wäre es für Linda eine ›einfache‹ Entscheidung gewesen. Ich weiß, dass es schwierig ist, für sich einzustehen, für seine Ideale. Es geht in ermüdender Weise *immer und immer wieder* darum, abschätzen zu müssen, was einem *wichtiger* ist: ein angeblicher Respekt von der Masse und ihrem Urteil oder die Freiheit und Offenbarung seiner selbst. Egal, wie sich ein jeder von uns entscheidet: wir werden nicht *alles* bekommen können. Wir können nicht grenzenlos ›wir selbst‹ sein und gleichzeitig erwarten, dass wir von der Masse grenzenlos akzeptiert und geliebt werden. Es ist ein *zweierlei* Maß, das wir anstreben. Es wird nicht funktionieren. *Grenzenlos* kann es nur einmal geben und wir müssen uns entscheiden. Wir sehen bedächtig dem Pappelsommer entgegen. Tagtäglich müssen wir uns der Herausforderung stellen. Wir müssen uns entscheiden, ob wir Gewinner sein *wollen*, ob wir Gewinner sein *müssen*. Diese Freiheit haben wir. Man nimmt sie uns nicht ab. Wir müssen verstehen, dass mit der Freiheit unserer Handlungen und Entscheidungen immer eine unvermeidliche Verantwortung einhergeht. Das war auch schon Linda bekannt und ich bezweifle, dass ihr nicht auch davon wusstet, als ihr sie ausgegrenzt habt. Die Welt gibt uns die Freiheit, doch aus Bequemlichkeit missachten wir die notwendigen Aufgaben, die mit ihr einhergehen.

Linda war frei, Linda war glücklich; und Linda war krank.

Linda war meine herzensgute Frau, die mir zwei wundervolle Kinder geschenkt hat. Sie hat mir Gedankengänge und ein Leben ermöglicht, das für mich alleine zu komplex war, um es zu verstehen. Dafür danke ich ihr noch heute: *Danke Linda, meine Frau, mein Leben und meine Liebe.* «

Ich stehe vor dem Rednerpult, öffne wieder meine Augen und sage nur eine Handvoll Worte.

» *Wir sehen aus, wie uns die Gesellschaft formt.*

Linda ist jetzt freier, als sie es jemals war. «

Deine Augen

Die Augen
man mag es glauben
sind die Fenster zur Seele
Über deine, ich erzähle:

» Ich seh' sie mir an
Der schwarze Kreis und die Farbe daran
zeigen mir, wie schön du bist
Ob du mich vergisst?

Stets will ich noch mehr erfahren
von deinen Gedanken, dem klaren
und umsichtigen Denken
Auch, wohin du willst lenken

meine Meinung
und, wie ich sehe
ich bitte um Verzeihung
die Art, wie ich *stehe?*

Am Ende
wenn wir uns meiden
sind es die Abstände
die uns unterscheiden «

Mehr im Kopf

Säuselnd starrt sie
und wickelt nie
erarbeitetes Haar

Aus dem Turm sieht sie
die Galerie
der betenden Männer

Entwickelt sie
eine abscheuliche Allergie
gegen ihr Leben

Es scheint, sie
lebe nur nach der Kategorie
der Auswahl

Hat sie
doch eigentlich mehr als Fantasie
in ihrem *Kopf*

Sehnsucht

Es ist die stetige *Sehnsucht* nach dir
welche zerbrechend laut ruft in mir
Ich warte auf dich, ich bin so leer
warte auf dich und deine *Wiederkehr*

Ich will wieder deine rettende Hand!
Leben mit dir auf dem besten Stand
Nur mit dir: ein Schuh wird draus
Du und ich im Schauspielhaus

Zusammen wir werden uns erweisen
in neuen Ländern, bei neuen Reisen
So würden wir träumen wie sitzen
und Herzen in die Bäume ritzen

Ich will den Sonnenuntergang mit dir
betrachten, Hand in Hand, am fernen Pier
Schlittschuhlaufen auf dem eisigen See
und nur mit dir: trinken einen guten Tee!

Am gemütlichen Kamin
dir schenken einen funkelnden Rubin
ein'n roten Rubin, der vom Herze kommt
Ich warte auf die entfernte Stunde prompt

Die Stunde, die nicht kommen mag
aber mein Herz, es nicht verzagt
Vielleicht mag man mir vergeben
wenn ich sage:

» Dieses Wunder werde ich wohl nicht erleben. «

Annie

Gewidmet meiner besten Freundin

Es war wie immer einer dieser Tage gewesen, die mit ihren mono-tonen Einstiegen in das Leben begannen. Wenn ich mich recht erinnere, war es Herbst, als ich Annie zum ersten Mal begegnete.

Wenn man in einer Traumwelt ist, so befindet man sich in einer Welt ganz für sich alleine. Man kann wortwört-lich zwischen ›Hoffnungen‹, ›Wünschen‹ und ›Träumen‹ ste-hen. Man kann alles in Einmachgläsern aufbewahren. Niemand muss etwas machen, was man selbst nicht will. Alles wird *so* ausgehen, wie man es sich erwünscht. Im Prinzip ist es eine Welt, die man selber gestaltet, die durch die *eigene* Art und das *eigene* Denken entfaltet wird. Man ist *Gott* und *Teufel* zugleich. Manches wünscht man sich, manches würde man lieber vergessen. Heute *bereue* ich es, dass Annie kein Traum für mich gewesen war.

Man setzte mich hinein in eine zerklüftete Realität, die mit einer Verderbnis ins Land schritt, vor der man fliehen wollte, allerdings nicht imstande war, es zu tun. Während ich schlurfend ins Bad lief, fing ich an, den beginnenden Tag vor meinen Augen durchzuspielen. Ich putzte mir die Zähne und so kitschig es auch klingen mag: ich war gespannt auf das kommende Leben. Ich wartete darauf, dass die ersten Blätter braun werden und von den Bäumen fallen würden. Ich wartete darauf, dass der unantastbare Nebel mich sanft verführte und mir zeigen würde, wie unglaublich überraschend das Leben gewesen war.
    Ich schritt zur Bushaltestelle und wartete auf meine Mitfahrgelegenheit, während ich meine letzten Aufzeichnungen noch einmal sortierte. Weiße Blätter flogen mir um meinen Mund, als ein überraschender Luftstoß mich erreichte. Ich nahm die Papiere wieder an mich und sah, wie ein gelber Wagen langsam vor mir haltmachte. Ich sah, wie ich meinen Ausweis nahm. Ich

sah, wie ich ihn zeigte und mich hinsetzte. Und dann sah ich *Annie*.

Wenn man ein neues Kind in der Nachbarschaft sieht, fragt man sich vielleicht, woher es kommt. Man fragt sich, welche Geschichte es hat. Man fragt sich, ob es in dieselbe Schule und in dieselbe Klasse kommen würde. Ja, einige fragen sich sogar vielleicht, ob sie später gute Freunde werden würden. Vielleicht war ich auch so jemand.

Ich möchte nicht sagen, dass Annie nicht dem Idealbild eines Mädchens entsprach, denn dass würde einige Menschen, die von einer Perfektion *zu sehr* geprägt sind, *zu sehr* irritieren.

Annie war anders.

Annie war anders und das merkte ich. Ich wusste nicht, ob die meisten das auch wahrnehmen würden, aber ich war davon überzeugt. Annie war nicht anders in dem Sinne, dass sie eine Behinderung oder Einschränkung ihrer Fähigkeiten hatte, nein, Annie war ein ganz normaler Mensch. Annie war ein Mensch, der lediglich nicht perfekt gewesen war. Annie war ein Mensch, den ich in meinem Leben gesucht und nun gefunden hatte, denn Annie war *menschlich*.

Nachdem man festgestellt hatte, dass das neue Kind nun doch nicht in die Schule oder gar in die Klasse kam, würden viele vermutlich das Interesse verlieren. Dieser Mensch würde ja eh niemals in das eigene Leben treten und sich dort bemerkbar machen. Der Mensch würde vermutlich ausgestoßen und aus den eigenen Gedanken verbannt werden. Doch das tat ich nicht. Ich handelte, wie ich es jederzeit wieder tun würde. Ich handelte aus Überzeugung.

Ich sprach Annie niemals an. Sie saß immer neben ihrer Mutter, von der ich dachte, dass sie meine hätte sein können. Beide hatten rote Haare und setzten sich jeden

Tag eine graue Baskenmütze auf. Vielleicht kam die Sympathie zu Annie von dieser gemeinsamen Verbindung, aber, wenn ich ehrlich bin, war mir das egal. Ich wollte Annie *kennen*lernen. Annie war ein *Zauber*.

Ich sah Annie jeden Tag im Bus. Ich sah sie jeden Tag stillschweigend auf einem der schwarz-grauen Plätze sitzen. Für Straßenbahngespräche war die Zeit noch nicht reif gewesen. Ich sah sie jeden Tag mit demselben gelben Wagen vorfahren, aber dennoch fuhr sie *weiter*. Sie fuhr weiter und an mir *vorbei*. Vielleicht war es *richtig*, dass ich sie niemals ansprach. Vielleicht war es *richtig*, dass ich mich immer zurückgehalten habe.

Annie war vielleicht kein Mensch, der später auf Partys gehen würde. Annie war vielleicht ein Mensch, der am Abend lieber Tee trank und sich in Wolldecken einhüllte. Annie war vielleicht jemand, der niemals einen Mann bekam. Annie war vielleicht wie jene Wintertage, die alles schon um vier in Dunkelheit hüllten. *Annie war vielleicht wie ich.*

Annie war ein wundervoller Mensch. Das kann ich sagen, ohne mit ihr jemals gesprochen zu haben. Annie war einfach *unperfekt*. Sie war so, wie ich vielleicht gerne hätte sein wollen. Ihre braunen Haare waren etwas loddrig zu einem Pferdeschwanz gebunden. Ihre rote Brille vor ihren braunen Augen bildete einen Kontrast.

Annie war Annie,

Annie war anders.

Wenn man einen Menschen nicht mehr sieht, gerät er in Vergessenheit. Er löscht sich automatisch wie ein Computervirus die Dateien. Er verlässt dich seelisch und auch körperlich.

Dann war Annie weg.

Und plötzlich sah ich Annie *nicht* mehr. Ich sah sie nicht mehr stillschweigend auf ihrem Platz sitzen. Ich sah Annie *nicht* mehr, wie sie sich jedes Mal etwas verkrampfte, wenn jemand den Bus bestieg. Ich sah nicht mehr, wie sie sich hinter ihrer Mutter versteckte. Ich sah sie nicht mehr an mir *vorbeifahren*.

Die Jahre vergingen und auch *ich* vergaß sie. Ich vergaß die Haare, das Lächeln und die tiefen Augen jener unperfekten Person. Ich vergaß den Menschen, den ich einst ins Herz geschlossen hatte. Erst als ich ihre Mutter wiedererkannte, erinnerte ich mich. Ich erinnerte mich an *sie*.

Ein Gefühl der Wärme stieg in mir auf, als ich sie endlich wiederfand, als ich mich an das Echte im Menschen erinnern konnte.

Nachwort

Der Blumenkranz von Annie, der still auf ihr liegt, ist bereits vergilbt, als ich mich schweigend vor sie stelle. Mein schwarzer Mantel symbolisiert beinahe die Endlosigkeit dieses Moments. *Ich bin vielleicht wie Annie.* Ich bin vielleicht vorbeigefahren. Ich bin vielleicht zu spät gekommen.

Der Herbst lässt die letzten braunen Blätter von den kahlen Bäumen wehen und es wirkt beinahe, dass alles gleichgültig wäre. Der eisige Wind spielt mit meinen trostlosen Haaren und der Nebel lässt mich fast verschwinden. *Beinahe ersticke ich.* Die Welt verfärbt sich grau und ich kann nichts dagegen tun. Das Licht hat sich einen *anderen* Ort gesucht. Mein Herz wird kalt, meine Blicke einsam und ich empfinde eine eisige Leere, die mich nicht mehr an mich selbst erinnern lässt.

Die Zeit ist vergangen. *Ich weiß*, ich kam zu spät. Es war *zu viel* Zeit, es waren zu viele Minuten, die ich *nicht* an sie dachte. *Zu sehr* vergaß ich sie. Es waren zu viele Stunden, an denen ich mich nicht an sie erinnerte. Ich ließ *sie* und damit auch *mich* alleine, es war *meine* Schuld. Es konnte nur meine Schuld gewesen sein.

Annie war anders.

Ich stehe nun erneut vor ihr. Ich stehe und kann nichts sagen, meine Tränen sprechen für mich:

» Was hätte ich alles gegeben, damit du nicht gegangen wärst. «

Schließlich falle ich *nicht* auf die Knie, wie man es erwartet hätte. Ich schluchze *nicht* lauthals auf, wie ich es mir heute wünschen würde. Ich spreche kein einziges, spärliches Wort. Ich bin nicht *perfekt*. Ich erkenne mich selbst. Ich erkenne *dich* in *mir*. Wir waren gar nicht so verschieden, wie ich dachte.

Annie

Als ich über den kalten Winterboden schreite, den Ort verlasse und den Kopf nach unten senke, hinterlasse ich einen weißen Brief. Er gleitet mir aus meiner Hand, wie Annie es einst tat.

Für mich warst du vollkommen.

Herbst

Was der Herbst bedeutet für mich?
Vielleicht ist es, wenn die bunten Blätter sich
versammeln auf dem kalten Boden, so *unendlich?*

Die kleinen Regentropfen
runter auf die Nase hopfen?
Oder sanfte an die Scheibe *klopfen?*

Vielleicht sind es auch die unzähligen Bäume
die ich kein Jahr lang *versäume*
Wie bunt sie stehen, wenn ich träume

Weit mit meinem Blick ins Land vertieft
Was der Herbst mit seinen Worten rief
als ich herzergreifend zu ihm lief?

Der Herbst verführt.
Wie er mich mit seinen Winden rührt
wie er meine Liebe *spürt*

Die unglaublich, zwanglose
vergehend, blühende Abendrose
die ich dir gab, die bedeutungslose?

Für dich, nicht mich
Du kommst wieder, ganz verwunderlich
Aber ich, ich verweile

und warte still auf dich

Renn

Wenn du bereit bist
nimm mich
Wenn du bereit bist
verlass mich

Renn und denke nicht!
Du nur vergisst die Sicht
Lass mich zurück
in Fesseln bestückt

Lösen kannst sie nur du
Ich warte auf deinen
richtigen Clou

Die Autorin

Die kleine Autorin
ist eine Sponsorin
der ganz *besonderen* Art
Denn sie bildet Sätze ganz zart

Ein Wort
welches benutzt
zu beschreiben den Ort
welchen sie selten genutzt

in Bezug auf das Beben
wonach sie allesamt streben
Die Autorin jedoch
sie schreibt und schreibet sie noch

als ginge es um ihr Leben
Ihre Wörter, sie schweben

zwischen den Zeilen

Sie ist eine Sponsorin
unsere gute Autorin

Schönheit

Wer kennt es nicht:
Man geht ins Bad und betrachtet sich
Vor dem Spiegel, dem tollen
tastet man seine widerwärtigen Rollen

die man sich ganz starr
durch den schönen Spiegel sogar
selbst hingemalt
Seht, wie man in Vorwürfen erstrahlt!

Ehrlich gesagt: ich seh's nicht ein.

Die Schönheit, man mag es glauben
liegt *nicht* in den Augen
Sie liegt *nicht* am Körper
vom mächtigen Surfer

Nein, die Schönheit, die wahre
kommt vom Herzen, dem wunderbaren
Auch der Charakter spielt eine wichtige Rolle
Es steht unter uns'rer Kontrolle!

Barmherzigkeit und Höflichkeit
Empathie und Nettigkeit
Das alles sind die Tugenden
die uns sollen leiten

beim Aussprechen des Abscheulichen
und Urteilen der häuslichen
Meinung, so überflüssig
Seht, wie das Weltbild wird rissig!

Denn im wahren Leben es zählt
der Charakter, der sich noch quält

Zeitpunkt der Fülle

Gewidmet meiner Musikerin aus München –
Marsha Santoso

Die Zeit bleibt stehen
Die Stunden vergehen
Die Uhr scheint stumm
Die Stunden geh'n krumm

Die Stille der Zeit
reicht tief in die Unendlichkeit
Und steh' ich vor dir
ich doch langsam erfrier

Es erscheint;

Der Augenblick, ohne zu denken
Der Augenblick, sich zu verrenken?
Wenn ich deine Hand und deine Lippen
nehme, um daran zu nippen

Ich will ihn nicht verschenken:
den Traum vom einstigen Lenken
der Zukunft in die richtige Bahn
Das ist's, was du mir hast angetan

Schweigen und Stille
Zeitpunkt der Fülle

Margerie Brown

Ich habe Margerie in meinem Leben nie wieder gesehen. Es war das letzte Mal, dass ihre Augen ein Gefühl der Wärme und Lieblichkeit in den Raum ausstrahlten. Es war das letzte Mal, dass sie ihre Lippen vor Freude spitzte, sie mit einem schmunzelnden Lächeln vor mir stand und ihre letzten Worte zu mir sprach.

Margerie war bezaubernd, wirklich, das konnte man nicht bestreiten. Sie saß im Café, rauchte *genussvoll* eine lange Zigarette und las in ihrer frisch-gedruckten Zeitung. Der Moment, in dem sie lebte, schien so perfekt, so *unantastbar*. Damals trug sie dieses elegante orangene Kleid, das ich ihr vor unzähligen Jahren geschenkt hatte. Das Kleid war *selbstverständlich* eine Sonderanfertigung von Gabrielle Chansel, einer aufstrebenden jungen Schneiderin, gewesen. Etwas anderes hatte *meine* Margerie auch nicht verdient. Hatte sie denn etwas anderes *gewollt?*

Ich hatte ihr das Kleid geschenkt, bevor ich sie richtig kannte. Ich schenkte es ihr, bevor ich überhaupt *wusste*, was für ein Mensch sie gewesen war, welche Probleme sie begleiteten. Aber sie ließ sich ihre Schwierigkeiten nicht anmerken, *niemals*. Sprach man sie darauf an, dass sie eine eventuell fälschliche Überlegung anstellte, so schien es, als würde sie sofort jeden und alles von sich abweisen, als würde sie die Nähe der anderen einnehmen und all ihre Schwächen erkennen, als würde ihre unverbesserliche Grazie die anderen verblassen lassen. Man käme gar nicht auf den Gedanken, dass es ihr vielleicht nicht gut erging; zu fragen, weshalb sie es tat. *Warum auch?* Sie war doch so *beliebt!*

Margerie ließ niemanden an sich heran. Das war für jeden offensichtlich und dennoch, oder gerade deswegen, versuchte man eben erst recht, sie zu bezirzen. Man wollte den anderen zeigen, wie *besonders* man war.

Man maß sich an *Margerie*, denn sie war für alle das unerreichbare Symbol der Schönheit. Es strebten *alle* danach. Sie strebten danach, bewundert zu werden, indem sie von Margerie geliebt wurden.

Margerie liebt dich? Du musst wunderbar sein!

Aber jeder *hoffte* und jeder *versagte*. Jeder *versuchte* und jeder *scheiterte*. Niemand war ihr gut genug. Missachtung und Zwietracht mischten sich unter die Leute, keine gute Kombination für meine liebe Margerie.

Doch Margerie spielte weiter. Sie passte so gut in ihre Rolle, die sie auf monumentale Art und Weise beherrschte. Ebenso gut, wie sie ihre Rolle annahm, harmonierten auch die anderen mit ihrer eigenen Existenz. Sie waren fasziniert davon, wie gut Margerie spielte, wie gut sie sich präsentierte; wie gut sie sich verstecken *musste.*

Im Endeffekt war sie die beste Schauspielerin, die ich je in meinem Leben gesehen hatte. *Das* war meine Margerie. Margerie spielte ihr eigenes Stück auf ihrer eigenen Bühne; in ihrer eigenen Welt mit ihrem eigenen Publikum. Sie spielte mit ihrer Ästhetik, ihrem Charme und ihrem Charakter, verführte die Menschen und bediente sich ihrer Subjektivität der Schönheit. Manchmal konntest du *glücklich* sein, dich zu ihrem Publikum zu zählen, manchmal hättest du dich lieber umgedreht, wärst gegangen und ganz manchmal; manchmal warst du doch nur ein *niemand* in der Welt von *Margerie Brown*.
Margeries Fassade bröckelte nie in ihrem Leben. Das war das Beste, was sie konnte. Es war ihre ausgeprägteste Stärke. Es war nicht ihre Arroganz, ihr Charme und vor allem nicht ihre Schönheit gewesen.

» Margerie! «, rief meine vertraute Stimme liebevoll in das Lokal. Sie würdigte mich natürlich nur mit einem Lächeln und einem kalten Blick, der mich erst über ihre Schulter erreichte, während sich die restlichen Besucher des kleinen französischen Cafés zu mir umdrehten und mich überrascht ansahen. Was hatte ich auch anderes von dieser Frau *erwarten* sollen? Eine Margerie, die mich achtete und für *ebenbürtig* erklärte? Ich war ihr egal *geworden*, sie hatte kein Stück mehr für mich übrig. Ehrlicherweise, und hier liegt wohl der Zwiespalt, hatte sie wohl *nie* etwas für mich übrig gehabt. Alles schien eine *Einbildung* zu sein. Sie missachtete mich, wie sie es *immer* tat.

Als ich in ihr zierliches Gesicht sah, bemerkte ich zuerst, dass ihr Lächeln *gleich* geblieben war. Es zeugte von dem, wovon es immer ausgemacht wurde: Es war unbeeindruckt gewesen; unbeeindruckt, dass ich erschien und dennoch freudig, als sei ich ein kleiner Hoffnungsschimmer; eine Hoffnung aus wohl längst vergangenen Zeiten.

Zuerst begrüßten wir uns nur mit einem kalten Handschlag, bevor wir uns dann *doch* umarmten und ich ihre *Zuneigung* spüren durfte. Oh, wie sehnte ich mich danach, ihren Atem zu fühlen. Wir setzten uns.

Galant legte sie ihre Zigarettenspitze beiseite und betrachtete meine Gestalt. Sie hatte etwas von ihrem Charme an sich, der mich schon damals verführte. Sie trug dasselbe Parfum wie einst. Es war der Duft von Rosenblüten, der mich an sie erinnerte. Sie sah mich an, musterte meinen Anzug und starrte auf meinen Finger.

» Du bist verlobt, wie ich sehe. « Margerie führte sich ihre Zigarette wieder zum Mund und zog einmal daran, ehe sie mir ihren Rauch selbstbewusst ins Gesicht blies und wieder mit einem kleinen Lächeln vor mir saß. Sie hatte nur ihren linken Mundwinkel hochgezogen und ich vergaß beinahe alles, was ich sagen wollte. Ich war geblendet von Margerie. Ich war geblendet von ihrer Schönheit. Es war genauso, wie es immer gewesen war.

» Du kennst mich, ich mag das nicht. « Ich wedelte ein wenig vor mir her, um den Rauch im Café gegen saubere Luft auszutauschen, als ein Ober an unserem Tisch erschien und Margerie eine goldene Etagere reichte, die mit dunkler Schokolade bestückt worden war.

Margerie wusste, was sie tat. Margerie war sich ihrer Situation immer klar gewesen. Sie wusste, was sie alles machen konnte, was die meisten nicht einmal denken durften.

Margerie nahm sich ein Schokoladentäfelchen und legte es sich lieblich in den Mund. Spielend lehnte sie ihren Finger an ihr Kinn und beäugte mich unschuldig.

Margerie und mich verband viel. In meinem Leben habe ich sie oft getroffen und musste ihrem anmutigen Charme widerstehen oder mich ihm hingeben. Niemals hätte ich denken können, dass ihre Gestalt so sehr auf mich einwirken würde. Niemals hätte ich geahnt, dass sie auf so vielen Seiten meines Lebens ihren Platz einnähme.

Seit ich sie kannte, war sie schon immer die Schönste gewesen; seit sie und ich in einer Klasse gewesen waren. Sie war beliebt und fröhlich. Sie hatte *Glück*; ihr ganzes Leben lang. Ich hatte es nicht. *Ich* war immer nur der unbeachtete Junge aus der letzten Reihe gewesen. War ich es geblieben? *Ach*, was tat ich nicht alles, um diesen Ruf zu umgehen. Nun war *ich* am Zug, mich zu präsentieren und zu zeigen, wer ich gewesen war und wie schön ich sein konnte. Ich meine, bei Margerie begann es ja schon bei ihrem *Namen: Margerie*. Wer nannte sein Kind *Margerie?* Und dann auch noch komplett *falsch*, es müsste doch *Marjorie* heißen! Mit einem ›-*jorie*‹ statt einem ›*gerie*‹!

Margerie hatte sich jedenfalls *nicht* verändert.

Vor mir saß die bildhübsche Margerie Brown.

Margerie durfte sich ja schon immer *alles* erlauben. Sie

hatte immer das *bessere* Recht, das *bessere* Leben, die *besseren* Chancen. Margerie war hübsch, das war ihr *Trumpf.* Sie war einfach ›*die mit dem besseren Karten*‹, ›*die mit dem Vorteil*‹. *Das* wusste Margerie schon immer und sie spielte ihre Rolle *perfekt.*

» Stört es dich? « Ich musterte ihr Verhalten und ihr Selbstbewusstsein. Nur *manchmal* sah sie von der Zeitung zu mir auf, die auf dem Tisch vor ihr lag. Sie las derzeit diverse Buchkritiken, Lesermeinungen und verschiedene Annoncen im hinteren Teil des Tageblattes.

» Warum sollte es? « Ihr Qualm traf mich erneut und diesmal überzog ein *Lächeln* mein Gesicht. Sie tat mir leid, wie sehr sie um Respekt kämpfte.

Provokant nahm sie sich noch ein Täfelchen.

Und doch hatte Margerie Recht. Es *sollte* sie stören, das wollte ich ihr verdeutlichen. Sie sollte *neidisch* sein, sie sollte endlich dieses *erbärmliche* Gefühl erleben, nie gut genug gewesen zu sein! Sieh mein Leben, Margerie, sieh meinen Ruhm und sieh meinen Erfolg! *Das*, ja *das* habe *ich* geschafft. *Beneide mich.*

» Ich habe dich damals geliebt. Ich hätte dir *alles* gegeben, das weißt du und dennoch … «, begann ich und wollte mit meinen Argumenten, die sich über die Jahre aufgestaut hatten, beginnen, doch Margerie unterbrach mich.

Ich hätte es wissen müssen.

» Lass uns nicht über die Vergangenheit reden. « Sie lächelte und sah mich allwissend an, ehe sie von mir wegblickte und eine Wolke aus Rauch in den Salon blies. Es war, als ob *sie* nichts mehr wissen wollte, als sei *sie* das Opfer gewesen und als wollte *sie* sich die Zeit nicht mehr reflektieren lassen.

» Wir haben doch *alle* die kleine Last auf unseren Schultern, die wir mit uns tragen und uns manchmal zu

Boden zieht. Was bringt es also, sie mit jemanden zu teilen und es *allen* nur *noch* schwerer zu machen? «

Ich versteinerte mit meinem Blick.

Ich konnte es nicht glauben, dass solch eine Person auf derselben Stufe stand wie ich. Im Endeffekt, so schien es, war sie nicht anders als die anderen, die sie damals genau *deswegen* missachtete. Sie hatte es leichter im Leben und dennoch lebte sie wie die, die *nicht* so viel *Glück* hatten. Mit ihrer Schönheit umging sie jegliches Problem und pickte sich nur das Beste heraus. Wie neidisch wir doch alle waren. Und aus diesem puren Neid erwuchs wenig später Ärger und Zorn.

Meine Wenigkeit war inzwischen erfolgreich, hatte eine Frau, Rosemarie, und zwei Kinder. Ich hatte es auf die *gute* alte Art geschafft. Ich war im Leben siegreich, ich war ein erfolgreicher Autor. Nie hätte man erwartet, dass Margerie dieselbe Chance ergreifen würde. Auch *sie* war unter die Literaten gegangen und ich hatte nie etwas von ihr gelesen. Schämen tat ich mich nicht dafür. Ich erwartete einen grausamen Schreibstil, eine grausame Handlung und grausam oberflächliche Charaktere. Es schien für mich doch so *selbstverständlich*. Es hätte gar nicht *anders* sein können, denn es kam von *Margerie*.
   Aber zum ersten Mal erwartete ich *zu viel*. Ich erwartete nicht die perfekte Margerie, denn sie hätte es nicht *verdient*, erfolgreicher als ich zu sein. Sie hatte sowieso schon *alles*, musste sie mir denn auch noch *alles* nehmen? Sie hatte ihr *perfektes* Aussehen, ihr Selbstbewusstsein. Was hätte ich gegeben, um mit ihr zu tauschen.

Ich sah in ihr alles, was ich gerne sein wollte und bemerkte nicht, dass es eventuell auch andersherum hätte sein können.

» Oh, Margerie «, *bedauerte* ich sie. Aber war das *gerecht?*

Sie hatte es nicht *verdient,* bemitleidet zu werden. Sie war *immer* perfekt gewesen. In meinem Leben wollte ich *auch* einmal der Bessere sein. Ich wollte zeigen, was ich konnte! Ich wollte auf den goldenen Stufen des Ruhmes emporsteigen und mich *präsentieren!* Ich wollte *endlich* auf sie hinabsehen, genauso, wie *sie* es über die Jahre tat, und nun gab ich *ihr* das Mitleid, welches eigentlich *mir* gebührte. Sie missachtete mich damals, weil ich bedeutungslos erschien. Heute tat sie es, weil sie davon überzeugt gewesen sein musste, dass es immer noch so wäre. Aber dem war nicht so! Meine Bücher waren Weltklasse, einfach, aber gut. *Ich* hatte diesen Ruhm *verdient. Ich* hatte das harte Leben. Ihre Bücher *kannte* man erst gar nicht. Das war bei ihrem Ruf auch nicht schwer festzustellen; dem Ruf, dass sie *schlecht* schrieb, da sie *so wunderschön* aussah.

Am Ende waren wir, wir die Hässlichen, die Oberflächlichen und am hässlichsten war unser Charakter.

Es vergingen noch einige Minuten voller Ungewissheit, bevor ich das Lokal verlassen sollte. Warum konnte sie mich nicht *lieben*, mir nicht die Zuneigung geben, die ich von ihr *erwartet* hatte?

Margerie spielte an ihrer Perlmuttkette und lächelte vor sich hin. Sie aß das letzte Stück der Schokolade und las die letzte Seite der Zeitung. Sie trank den letzten Schluck Weißwein aus ihrem großen Glas und atmete ein letztes Mal tief ein, ehe sie hinauf zur Decke blickte. Ich verabschiedete mich mit einem aufgesetzten Lächeln und einer gewissen *Boshaftigkeit.* Margerie bezahlte den Kellner mit einem Lächeln und einem Zwinkern. Nur aus *Protest* kaufte ich mir wenig später ihren einzigen Roman: ›*Wenn der Wind die Menschen küsst.* Ich musste kurz überlegen, ehe ich den Gedanken wieder verwarf. War es denn möglich, dass …, nein.

Ich las das Buch in weniger als einer Woche durch, verschlang einhundertneununddreißig Seiten, ohne davon abzulassen. Es sollte zu *diesem* Zeitpunkt nicht das *letzte* Mal gewesen sein, dass ich sie sah und von ihr hörte.

» Wir streben danach, bewundert zu werden. «

Mir blieb das Zitat im Kopf.

Nachwort

Margerie hatte es wieder einmal geschafft. Sie setzte sich in meinem Kopf fest, wie sie es nun schon seit Jahren tat. Margerie führte ein *gutes* Leben. Ohne das Wichtigste jedoch war es wertlos. Wo war ihre *Liebe*, wo war ihr *Vertrauen?* Im Nachhinein fiel mir auf, dass, so sehr sich auch alle bemühten, ihr einen Kuss zu entlocken, sie *niemanden* hatte, dem sie ihre Liebe schenken *konnte*. Es gab niemanden, dem sie ihre Liebe schenken *durfte*, niemanden, der hinter ihre Maske sehen *sollte*. Es sollte niemanden geben, der sie schlussendlich *verstand*.

Vielleicht *konnte* sie auch gar nicht lieben, vielleicht war es ihr *vergönnt*, eben der *Preis* ihrer Schönheit. ›*Wir zahlen unsere Preise für das Schicksal, welches wir leben*‹, würde ich eines Tages schreiben. Und vielleicht, ja, vielleicht war sie die Inspiration dazu. Vielleicht war sie *so* mit sich *selbst* unzufrieden, dass sie sich nur *verbessern* wollte und *niemals* wahrnahm, wie sie alle bereits bewunderten. Sie *konnte* gar nicht wahrnehmen, dass man sie achtete und schätzte. Es *konnte* gar nicht *funktionieren*.

Oh, Margerie, warum?

Margerie hatte zwar das *schönste* Aussehen und das *stärkste* Selbstbewusstsein und ja, vielleicht war es auch ganz *anders*. Vielleicht war sie *doch* so kaputt und sie war dann *doch* diese eine Schauspielerin, diese eine Darstellerin, die sich in das Herz getanzt hatte, die das Lächeln des scheinenden Mondes besaß:

Ihr Lächeln wurde nur reflektiert, ihr Strahlen war nicht von ihr selbst.

Meine Margerie hatte die Hoffnung jedoch *nie* aufgegeben. Wie ein *Tuch im Wind* versuchte sie immer wieder, in die Lüfte zu steigen, in die Höhen des Ruhms. Sie hatte immer noch den Drang, sich zu beweisen, sich zu beweisen für diejenigen, die sie *selbst* beneidete. Dabei merkte sie gar nicht, dass es *anders* gewesen war.

So war sie, die Margerie. So war meine Margerie Brown: wie ein Tuch im Wind, ohne wirklichen Halt.

Die Lieblosigkeit der Menschheit hatte sie wenig später in die Knie gezwungen. Ich wartete jedoch jeden Tag im Café auf sie, wo ich sie dann auch das letzte Mal sah. Und *ja*, zu meinem Verwundern betrat sie das Etablissement, *lächelte* mich verachtend an und sprach:

» Wir streben danach, bewundert zu werden. «

Dann erblickte sie ihr Buch in meiner Hand. Anders als im Schriftstück vervollständigte sie ihren letzten Satz und blickte mir tief in meine Augen:

» Dabei ist es uns egal, von wem und für was. «

Bevor ich ihr Gesagtes überdenken und antworten konnte, war sie bereits verschwunden. Ihr Schatten verlief sich in der Menge hereinströmender Leute und überleuchtete sie gleichzeitig. Ihre letzten Schritte hallten über den nassen Bürgersteig. Während mein Blick am Fenster noch nach ihr suchte und Tränen mein Gesicht hinunterliefen, verstand ich doch *endlich* Margerie.

Ich verstand endlich die kluge Margerie Brown.

Ich las wenig später in der Zeitung von einem grazilen Mädchen, das zusammen mit einem Mann ohne Namen für immer von uns ging. Ein Paar aus Camaret-sur-Mer meldete ihr Verschwinden. Man fand wohl einen Koffer, der mit Bildern und Geschriebenem gefüllt gewesen war. Die Werke sollten bald, aus Trauer und Respekt vor der Verstorbenen, veröffentlicht und geachtet werden.

Und so hatte es Margerie nun letztlich doch *geschafft und ich konnte mich endlich für sie* freuen. *Denn durch Margerie verstand auch schließlich* ich, *wer ich selbst gewesen war und wie sehr ich mich mein Leben lang getäuscht hatte. Ich verstand, dass das Leben nur ein Windhauch gewesen war, dass nichts zählte, was für die Masse Relevanz besaß. Alles, was wichtig gewesen war, war das, was man selbst von sich dachte. In jeder Hinsicht war es egal, was die meisten von einem hielten. Das Leben schlägt immer Richtungen ein. Diese Wege werden davon bestimmt, wie wir uns selbst wahrnehmen.*

Die Nacht

Ich stehe am Fenster
und sehe die Tänzer
Es ist in der Nacht
die hat mich um den Schlaf gebracht

Doch ich nicht will
mit Wörtern schrill
Heine zitieren
und still die Illusion akzeptieren

Die Dunkelheit, sie nimmt mich ein
Wäscht sie meine Seele rein?
Bleich mit ihrer Sicht
sie mein Herze ersticht

Getrennt durch eine Scheibe

Wie ich mir den Kopf *zerreibe*
wenn ich, mit dem Tee in der Hand
versuchte zu sehen, wie sie verschwand

Sie und meine *Identifikation*
eine der vielen Variation'n
Doch ich warte und sehe
wie die fernen Rehe

freudig springen in der Nacht
welche mich *qualvoll* um den Schlaf gebracht

Stein für Stein

Bauen wir auf
Stein für *Stein*
gegen den Lauf
frei zu sein!

Bauen wir auf
Stein für *Stein*
und nehmen in Kauf
einsam zu sein?

Mein Herz bricht auseinander
Könnten wir nicht *miteinander*
leben *ohne* Mauern
ohne die Mütter, die trauern?

Bauen wir auf
Stein für *Stein*
gegen den Lauf
frei zu sein

Mauern, welche schützen
werden uns nichts nützen
bei *fremdem* Wissen
Oh, liebes Leben, was werde ich *missen?*

Bauen wir auf
Stein für *Stein*
gegen den Lauf
vom *Anderssein*

Können wir uns *neu* erfinden
mit uns'ren Taten, uns'rem Denken
manch' steile Klippe überwinden
und nicht unser'n Kopf beschränken?

Der » Gute Nacht « Versuch

Im Flur flackert noch die Glühbirne der alten Lampe, als die Mutter im schmalen Bleistiftrock und ihrer neuen schwarzen Nylonstrumpfhose ins Zimmer des kleinen Jungen kommt. Sie hat die Aufgabe, und das darf nur sie, die Vorhänge des Zimmers zuzuziehen, zuerst den Schrank zu öffnen und dann ganz langsam Hemd für Hemd, Jacke für Jacke und Hose für Hose nach kleinen Ungeheuern zu durchsuchen. Ist sie, wie immer, nicht fündig geworden, so kniet sie sich nieder und tastet einmal unter das Bett ihres Jungen und berührt kurz den Koffer, macht dabei Geräusche, als würde sie einen erbitterten Kampf austragen. Vollkommen erschöpft setzt sie sich schließlich auf den hölzernen Bettrand und rückt sich ihren schwarzen Rock zurecht. Ihre zerzausten Haare klemmt sie sich zur Seite.

» Das Monster war heute *grün!* Aber ich habe es besiegt; ganz schön hartnäckig das kleine Ding «, sagt sie und schüttelt vielsagend den Kopf. Ihre Augen reißt sie sich glaubwürdig auf und der Kleine kriecht ängstlich unter seine Decke.

» Ist es auch wirklich weg? «, bibbert er. Ohne das Wort ›Tod‹ zu benutzen, obgleich er es schon kennt oder nicht, sieht er sie an. Er weiß, mit dem Tod spielt man nicht. ›Tod‹ hat immer was mit dem ›Leben‹ zu tun und das Leben war schließlich kein leichtfertiges Konstrukt.

» Ja, das verspreche ich dir. « Sie gibt ihm, wie immer, einen Nachtkuss auf die Stirn und streichelt dabei seinen Kopf. Sie umhüllt ihn mit ihrer Liebe und rückt nochmal die Decke zurecht. Frieren soll er nicht.

Sie ist schon dabei, sich von ihm zu verabschieden, als er fragt: » Wie ist das eigentlich, einen Rock zu tragen? « Er stützt sich auf und sieht die Mutter fragwürdig an.

» Daran ist nichts ungewöhnlich, das tragen

Frauen nun mal so «, entgegnet sie und runzelt ein wenig die Stirn, als sie zu ihrem Kind sieht.

» Mama, ich möchte das morgen *auch* mal tragen. « Dann erweitert er seinen Gedanken: » Ich will damit zur Schule gehen! « Vollkommen fasziniert von diesem Stück Stoff, zaubert er ein Lächeln auf seine Lippen und sieht seine Mutter hoffnungsvoll an. Jene verdreht nur ihren Kopf.

» Du kannst doch keinen Rock anziehen. Du bist ein Junge! Schlaf jetzt. « Mit einem *Lachen* will die Mutter schon vom Bett aufstehen und den Kleinen verlassen. Dessen bewusst, was sie denkt und tut, erhebt sie sich, ehe der Junge sie am Arm packt und zurückzieht.

» Aber warum *darf* ich denn nicht? «, verwundert, und doch genau wissend über die Antwort, starrt er sie an.

» Weil du ein *Junge* bist, hab' ich doch schon mal gesagt. Dein Vater trug das ja auch nicht. « Die Mutter wirkt nervös und klemmt sich ihre abstehende Strähne wieder unter ihre, ansonsten so sitzende, Frisur.

» Aber ich kann doch machen, was ich will. Ich bin kein Sklave! « Empört zieht er die Augenbrauen zusammen und wartet darauf, was die Mutter zu sagen hat. Wer jetzt denkt, er würde ohne Ahnung in das Messer laufen, der hatte sich wahrlich *geschnitten*.

» Natürlich hast du die Freiheit, zu tun und zu lassen, was du willst, aber du musst auch *Regeln* einhalten! « Ungeachtet dessen, was die Mutter sagte, hat der Junge *das* gehört, was er hören *wollte*.

» Ich bin ein freier Mensch, Mama! « Glücklich, den goldenen Schlüssel gefunden zu haben, malt er sich eine neue Welt mit neuen Argumenten und neuen Verhaltensweisen aus.

» Du kannst nur dann frei sein, wenn du dich an *Regeln* hältst «, sagt seine Mutter und schneidet ihm seine Gedanken ab. Er wiederholt ihre Sätze in seinem Kopf, versinkt im Bett und in seinen Vorwürfen.

» Das ist doch eine furchtbare Welt. Das, *das* geht

doch nicht! «, schreit er schon fast und hat die Hoffnung, seine Mutter würde lügen. » Man ist nicht *frei*, wenn man sich an Regeln halten *muss*. « Erbost guckt er sie an, sie verstummt.

» Ich wünschte, es wären mehr Menschen wie du «, seufzt sie und schaut zu ihm. » Unsere Welt könnte solche Denker wirklich gut gebrauchen. « Sie schmunzelt.

Du bist nur frei, wenn du dich an Regeln hältst.

» Mama, ich will noch nicht schlafen «, sagt er nach einer Weile und sieht sie nachdenklich an. » Ich möchte noch weiterreden. «

» Du musst jetzt aber schlafen «, entgegnet sie und hofft, er würde *endlich* die Augen schließen. Sie hofft, seine Gedanken würden verstummen.

» Mama, warum gibt es solche Menschen denn nicht? Die Gedanken kommen so schnell in meinen Kopf. « Unverständlich sieht er nun nicht mehr zur Mutter, sondern ganz geradeaus. Er wirkt vereist; als läge er im Totenbett und hätte nichts Besseres zu tun, als die öde weiße Wand anzustarren, über sein Leben nachzudenken und zu philosophieren.

» Es gibt sie, mein Schatz «, besänftigt sie ihn und lächelt: » Sie zeigen sich nur nicht gerne. « Die Mutter blickt zur Seite, auch *er* dreht seinen Kopf.

» Warum tun sie das? « Er zeigt nur langsam wieder Interesse an der Unterhaltung. Er fühlt sich so leer. Das, was er dachte, ist tatsächlich wahr geworden. Nun wünscht er sich, er hätte es nie ausgesprochen, sondern alles still akzeptiert. Es wäre einfacher gewesen.

» Es wäre diskriminierend, nach der Intelligenz zu urteilen, dafür kann ja keiner was «, spricht sie allwissend, während er ihr nur folgt und mit jedem Wort neue Gedankengänge lernt. » Es muss etwas geben, das jeder verändern kann. Jeder muss *dieselbe* Chance erhalten können. Es ist *einfacher*, schön als intellektuell zu sein.

Das wissen die meisten, deswegen verstecken sie sich. Wenn du diese Gedanken jemandem erzählst, so wirst du es nur schwer haben. Du würdest nur alleine bleiben. Aber denk daran, ich liebe dich. Jetzt schlaf. « Sie knipst das Licht aus und verlässt das Zimmer, zieht die Tür zu und lauscht, ob ihr Kind noch etwas sagen würde, aber diesmal ist es *er*, der verstummt.

Intelligenz kann man nicht antrainieren. Deswegen wäre es diskriminierend, nach Verstand zu urteilen.

03. Mai 2015

Es bricht, das Eis

Es bricht
das Eis
Ungenaue Sicht
mit sicherem Verweis

Es platzt auf
das Kalte
Es wird kommen, der Lauf
und die Angst davor

wie es einst schallte

Kaltes Wasser
ungenaue Tiefen
Sie selbst sind der Verfasser
von dem, was sie riefen

So sonderbar
und nicht zu halten
Die Sicht ist klar:
ein Gewitter mit schweren Gestalten

Mein kleiner Frieden
Gewidmet meiner besten Freundin

Lange schon du
in meiner Welt
Lange schon, zu
lang gewartet?

Es tut mir so leid
dass mein Kopf und ich in Einsamkeit
wir zu lang' denken
dir ein passendes Gedicht zu schenken

Du, nur du bist für mich
die Antwort der Fragen, *gelegentlich*
Du, nur du bist der Schlüssel, der Weg
dich zu wissen, ein Privileg

In deiner Gegenwart
bin ich eine Art
vollendetes Werk
und, ich erlaube mir den Vermerk;

die andere Seite von mir:
Das bist du, denn du stehst *hier*
Dort, direkt in meinem Herzen
sind wir die Lichter der Kerzen

Du bist bei mir am ersten Platz
dich zu treffen: *ein wahrer Schatz*
Ich freue mich, dich zu nennen:
beste Freundin und dich zu kennen

Nicht von mir wegzugehen
dafür hast du dich entschieden
Für mich du bist gestiegen
zu meinem kleinen Frieden

Vielleicht

Das Wort ›*Vielleicht*‹
beschreiben mag das Leben reich
Als wäre es ein weich'

Taschentuch, paar Wolkenfetzen
welche sich auf die Gemüter setzen
und mit ihren leichten Wörtern hetzen

Welche aber nicht viel wert
weil die Meinung nicht ins Hause kehrt
Denn die Meinung, sie ernährt

sich von keinem Standpunkt
überall' sie nur dazwischenfunkt
und die Nas' in and're Themen tunkt

Mit dem Wort ›*Vielleicht*‹
sie nicht an den Standpunkt reicht
und nur um andere Leute schleicht

ohne sich selbst zu beweisen
und in den Sätzen zu kreisen
Das Wort ›Vielleicht‹ *hat einen Standpunkt zu bereisen!*

Vielleicht auch nicht?

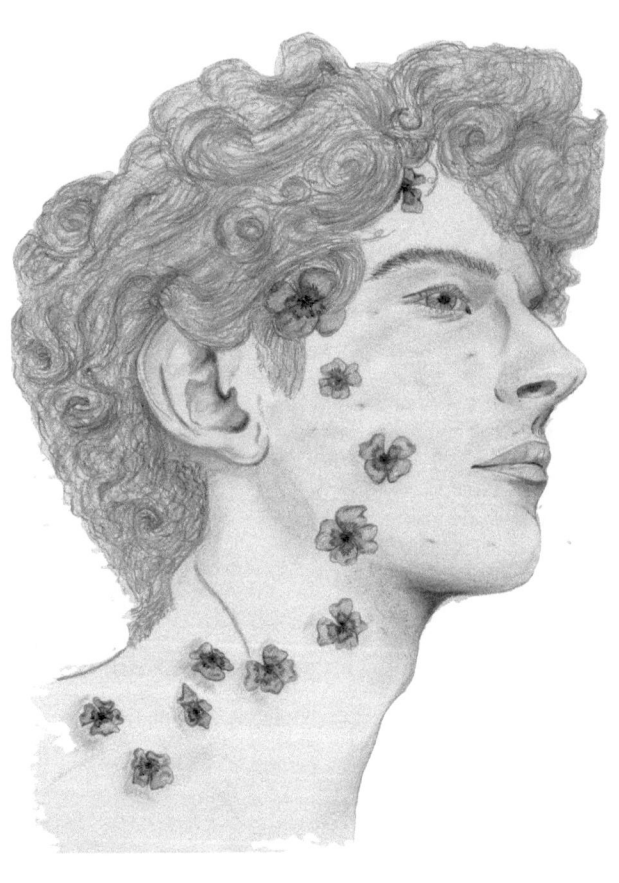

Schäfchenwolken

Und vielleicht *hätten sie in Freude zusammengelebt, hätten zusammen lange Trinkabende gefeiert. Vielleicht wäre der* eine *sein bester Freund geblieben. Vielleicht hätten sie sich über die Mädchen lustig gemacht. Vielleicht hätten sie für immer Kontakt gehalten. Vielleicht wäre einfach alles* anders *gelaufen.*

Die zwei Jungen trafen sich auf der Wiese, wie sie es nun schon seit Jahren taten, und suchten unter dem einzigen Baum des Hügels Schatten und Geborgenheit. Es war die *Erinnerung*, die beide gemeinsam teilten; die Erinnerungen über die gemeinsamen *schönen* wie *schlechten* Momente ihres Lebens in der kleinen Stadt mit den Häusern aus Stein. Es waren unbezahlbare Zeiten, die nie wieder geschehen würden; Zeiten, die sie beide *gerne* verbrachten, ohne den Gedankengang *daran* zu verschwenden, dass das alles vielleicht irgendwann einmal enden könnte. Es würde vielleicht enden, weil der eine nicht dieselbe Einstellung gegenüber der Freiheit des anderen hatte. Daran könnte vielleicht *alles* zerbrechen.

Vielleicht *kannte* es einer von beiden ja auch gar nicht anders. Vielleicht *dachte* er sich *nichts* dabei. Vielleicht war das alles vollkommen *normal* für ihn. Vielleicht wollte er auch einfach nur *nett* sein. Und der *andere* würde irgendwann mit Verachtung auf *diejenigen* hinuntersehen, die ihn einst bemitleideten oder ihm allem aussetzten, was man als Hass betiteln würde.

Die letzte Linde der Erhöhung spendete ihnen Schutz und Zufriedenheit neben den zerfressenden Dingen, die sie sonst einholen würden. Es war *zufälligerweise* wie in diesen kitschigen Filmen und Romanen, die man allesamt kannte. Und obwohl diese Bücher und Streifen immer denselben Ablauf hatten, fieberte man doch jedes Mal mit! Man hoffte auf das Glück der Protagonisten, als seien sie ewige Spieler auf der bösen Bühne eines hinterhältigen Lebens. Schließlich war das Leben nichts weiter als eine bloße Odyssee zwischen Ärger und Verdammnis. Jeden Tag musste man sich inmitten eines stürmischen Flusses voller niederschmetternder Ereignisse den Weg zu einem scheinbar glücklichen Ziel schaffen. Erst schien es wie ein *Sonntagsausflug*, dann wurde es eine längere, etwas merkwürdig aussehende *Mittelmeerkreuzfahrt* und plötzlich überkam einem das Gefühl, die Welt umsegeln zu müssen. Es dauerte sehr lange, bis man wahrnehmen konnte, was ›*Glück*‹ bedeutete.

Aber was spielte das Leben schon für eine Rolle, wenn man nur als Teil des Ganzen funktionierte und man problemlos ausgetauscht werden konnte. Vielleicht hatte das Leben der anderen auch einen anderen Sinn, den sie erfüllen mussten. Vielleicht hatte das Leben der anderen eine andere Bedeutung.

Nachdem sich die Jungen niedergelassen hatten, sahen die beiden auf das hinabgehende Feld und den sich offenbarenden Horizont. Die Dächer der sich erhebenden Stadt, die so weit weg erschienen, zeichneten sich am Himmel ab. Es war ein Himmel aus orangener Farbe, der sich, vermischt mit Rottönen, über die Erde ergoss. Gelegentlich zogen einzelne Vögel vorbei, Schwalben, die Sonne schimmerte hinter den bestickten Wolken noch etwas hervor. Unter den unendlichen Weiten der Galaxie befanden sie sich: *die Jungen und die Häuser,* starke Fundamente, die wohl die besondere Kraft besaßen, die Ewigkeiten *mehrerer* Leben überdauern zu können.

In welchen Farben konnte man die Häuser alle kleiden? Einige waren rot, einige gelb. Sie waren so unterschiedlich und doch einte sie alle gemeinsam das Faktum, dass sie *Häuser* gewesen waren. Sie waren eine Heimat, ein Ort, an dem man Schutz und Vertrauen fand.

Menschen errichten Häuser, damit sie alle eine Heimat haben. Menschen zerstören Existenzen, weil die Farbe der Häuser anders ist.

Welche Leute gingen dort tagtäglich ein und aus? Welche Leute waren es, die dort in den Häusern wohnten? Sie waren klein, sie waren groß. Welche Probleme begleiteten sie? Hatten sie ein *glückliches* Leben? Wie froh kann man doch über so scheinbar banale Dinge wie einen harmonischen Alltag sein. Wer hatte ihn schon? Der Unterschied liegt wohl darin, wie man mit Problemen umgehen kann und nicht, ob man sie mehr oder minder erlebt.

Die Wiese, auf der die beiden Jungen lagen, war mit Löwenzahn und Kornblumen gesäumt. Steve mochte Blumen sehr. Es verwunderte ihn immer wieder, was für eine gewaltige Pracht sie mit Frühlingsbeginn zeigten. Es verwunderte ihn, zu welcher Schönheit sie fähig gewesen waren, wenn man ihnen genügend Zeit gab. In kompletter Farbenpracht standen dort weiße Blumen, die unschuldigen, große und kleine, rote, gelbe und blaue. Besonders die letzten, die die Hoffnung symbolisierten, ja, diese mochte Steve mit ganzer Seele. Eine von ihnen nannte er ›seine Liebste‹. Sie besaß einen blauen Hut, der träge hinabsah. Er musste bei dem Gedanken, wie eine dickliche Hummel versuchte, die Blume zu bestäuben, immer ein wenig schmunzeln.

Manchmal verlor sich Steve sogar ganz und gar in seinen Gedanken und konnte *Wunsch* nicht mehr von *Wirklichkeit* unterscheiden. Manchmal schwelgte er tagelang in Träumen, von denen er sich absolut sicher gewesen war, dass sie sich nicht erfüllen würden. Dennoch hoffte er, und *ja*, es war ein *wundervolles* Gefühl, seine Wünsche gedanklich wahr werden zu lassen. All seine Träume stolzierten und tanzten, während er die Augen schloss und dem Wind lauschte, der immer mal wieder durch seine Fenster pfiff. Vielleicht rollte sogar ab und an eine kleine Träne von Steves Gesicht hinab, aber das war nicht wichtig gewesen. Denn genauso banal wie seine Wünsche erschienen, waren es auch ebenjene hartnäckigen Zeiten, in denen er an seinen Wünschen zerbrach und aus deren Scherben er nie wieder heraustreten wollte. Diese Zeiten kannte Steve inzwischen zu gut. Sie waren alte Bekannte geworden.

Wovon träumte wohl der liebe Steve in diesen Nächten, an diesen Tagen? Was waren seine Gedanken in den schwersten Stunden seines Lebens? Was ging ihn in solch einer prägenden Zeit, in der man sich gar nicht sicher gewesen war, wer man eigentlich sein wollte und was andere über einen denken würden, wohl durch den Kopf?

›Andere‹

Was ›Andere‹ vom *eigenen* Leben dachten.

Manchmal träumte er von *schönen* Tagen. Es waren seidige Wünsche, die ihn lächeln und an das Gute im Menschen glauben ließen, *Hoffnungsträume*. Aber manchmal gab es auch Einbildungen, die ihn nachts aus seinem Schlafe weckten.

In dunklen Zeiten ist das Licht heller als sonst.

Eigentlich können Hummeln nicht fliegen. Physikalisch gesehen ist ihr Körper viel zu groß, als dass die mickrigen Flügel sie tragen könnten. Trotzdem schweben sie über den Boden, weil Hummeln nichts von Physik wissen. Sie fliegen anderen Hummeln nach, die es ebenfalls schon immer getan haben. Für Steve war dieser Fakt stellvertretend *dafür*, dass *alles* möglich gewesen war, wenn man nur daran zu glauben hoffte.

Leider sah er nicht, dass auch das Gegenteil seiner Sehnsüchte in seinen Denkweisen einen gemütlichen und warmen Platz gefunden hatte.

Steve und Adam kannten sich schon seit kleinauf. Sie saßen zusammen im Sandkasten, durchlebten den typischen Verlauf einer Kindheit, spielten dann Fußball, gingen *zufälligerweise* gemeinsam in dieselbe Klasse und verabredeten sich, seitdem sie in die Pubertät kamen, am Nachmittag, um vor der Konsole zu sitzen. Dann drückten sie immer ganz hastig auf ihre Knöpfe, um in Spielen, die man bei *richtigen* Jungs erwarten würde, zu *gewinnen*. Es waren sogenannte *Abenteuer*, wobei man immer andere Figuren töten musste, um erfolgreich zu sein. Das machten richtige Jungs nun mal so, das machten *Gewinner*, so musste es sein. Sie hatten *andere* zu töten, um weiterhin auf ihre eigene Art und Weise überleben zu können. Steve verlor eigentlich fast immer.

Während ihrer gesamten freundschaftlichen Beziehung war Adam immer der Stärkere von beiden gewesen. Adam schrie immer lauter, wenn sie Steve verletzt hatten. Adam trat immer härter zu, wenn sie Steve in die Mülltonne steckten, und Adam war viel beliebter als alle Jungs aus der Klasse zusammen. Adam war eben Adam, Adam war *der Junge* von den beiden. Er hatte schwarzes Haar, war meistens mit Sonnenbrille unterwegs und zufälligerweise ganz und gar darin vernarrt, Zigaretten zu rauchen. Eine typische Macke war es, dass er sich zu jeder Tageszeit durch die Haare fasste. Adam war ein *guter* Junge gewesen. Er hatte auch eine Schwester, die er beschützen konnte. Er war der Retter seiner Familie, eben das, was man von ihm erwartete; dazu wurde er *erzogen* und er *liebte* es. Adam liebte sein Leben, es war das, was ihn ausmachte. Er war ein Ideal gewesen. Er war ein Ideal von Leuten wie Nathans Familie geworden, von Freunden, von Eltern, von Großeltern, ja, selbst von Urgroßeltern, die gemeinsam darüber sprachen, wie oberflächlich Frauen behandelt wurden. Er war ein richtiger, ein *guter* Junge.

Es war nicht so, dass Steve *kein* Junge gewesen wäre oder er als etwas erschien, was man nicht hätte beschreiben können, keinesfalls. Er wirkte auf die anderen lediglich als ein kleines schwaches Individuum, das alleine gar nicht lebensfähig gewesen war. Die Inter-

71

essen, die *er* vertrat, waren *keinesfalls* die eines *Jungen*. Man spekulierte dann immer, eben der Versuch der subjektiven Erklärung, welche *Kausalität* hinter seinem Handeln stünde. Was war denn der *Sinn* dahinter, dass er in Ausstellungen unbekannter Künstler ging und seine Nachmittage *damit* verbrachte, auf einer Wiese fern der Stadt zu liegen? Steve hatte schöne braune Haare und auch zufälligerweise passende braune Augen. Ganz *zufällig* war Steve schöner als Adam, hatte ausgeprägtere Wangenknochen und zufälligerweise löste er die Mathematikaufgaben mit exzellenter Bravour.

Zufälligerweise hätten sie genau zusammengepasst. Zufälligerweise spielte das Schicksal einen Streich mit ihnen.

An jenem Tage sah man nun Adam und Steve wieder einmal auf der Wiese unter der Linde sitzen. Und obwohl man es nicht glauben konnte, war Adam dann zufälligerweise *doch* nicht so dumm und hatte zufälligerweise auch ein Herz, war dann doch nicht so *gefühlskalt*, wie man ihn sich bis jetzt vorgestellt haben muss. Er war *nicht* das abweisende Arschloch, wie ihn die neidischen Jungs immer betitelten; schon gar nicht für den liebevollen Steve.

Steve hatte verloren.

Steve war eine verlorene Seele in einem Konstrukt aus gleichen Charakteren. Er wusste, was er tat, denn er hatte sein Leben bereits verspielt, bevor er es überhaupt wirklich wahrnehmen konnte; bevor er seine Freiheiten genießen durfte, bevor er sich anpassen musste. Verlorene Seelen sterben vielleicht für sich und haben nie die Chance zu existieren. Aber verlorene Seelen verlöschen auch für unser Glück. Sie verlöschen, damit wir leben. Sie verlöschen, damit wir es besser haben können.

Gemeinsam lehnten sie sich an die Linde und Adam rauchte eine Zigarette. Es war ein sonniger Tag gewesen und nun, am frühen Abend, zogen ab und an kleine Schäfchenwolken vorbei, die Steve aufmerksam verfolgte. Für ihn hatten es Schäfchenwolken sehr leicht im Leben. Sie zogen dahin, konnten gehen, wohin sie wollten. Es waren Schäfchenwolken, auf die Steve so neidisch blickte. Sie hatten nie Schuldgefühle und nie ein Gespür für ihr Gewissen gehabt. Sie waren Formwandler gewesen, konnten sich der Gegebenheit perfekt anpassen. Sie waren Schäfchenwolken. Sie konnten alles sein. *Wer urteilte schon über Schäfchenwolken?* Sie waren doch ganz *normal*, eine Erscheinung, die die Menschen schon über Jahre begleitete. Weder der eine, noch der andere tat etwas. Sie ließen sich gegenseitig *leben*, der Umkehrschluss hätte *keinem* etwas gebracht.

Schäfchenwolken: Für die einen waren sie unbedeutend, für die anderen komplettierten sie eine ganze Welt.

Adam sah nur darüber hinweg. Er hatte kein Auge für sowas *Kitschiges*, für sowas *Nebensächliches*. Ein Buch hatte er nie gelesen und eine Galerie noch nie betreten. Das alles waren für ihn unbedeutende Dinge in einer bereits vollkommenen Welt gewesen.

Nachdem das Thema des Tages verstummte und sich beide nach Hause begeben wollten, sah Steve zu seinem besten Freund hinauf und traute sich endlich, *das* auszusprechen, von dem er sein ganzes Leben lang geträumt hatte. Steve erhoffte sich die Reaktion, die er insgeheim erwartete. Es waren die Hoffnungsträume, die sich nun wieder einmal an ihm rächten.

Vielleicht hatten die anderen Recht mit Steve.

Adam fand das Gesagte abscheulich. Es widerte ihn an. War *das* noch sein bester Freund gewesen? Was war aus ihm geworden? Warum hatte Adam das alles nicht *gemerkt?* Warum war er nur so *blind?* Adams Gedanken gingen ungezügelt über seine Lippen gleichsam wie

Steves nasse Tränen aus seinen enttäuschten Augen flossen. Worte fielen, die nicht mehr zurückgenommen werden konnten. Harte Worte, *tötende*, verklangen in der Stille des Abends. Vernichtende Phrasen ließen nichts außer einem tiefen Graben zurück.

Vielleicht hatten die anderen Recht mit Adam.

Es waren nicht unbedingt die *Gefühle* von Adam, die Steve nicht verstand. Eher war es, dass sich sein bester Freund jedem noch so abwertendem Klischee bediente, das er auf der Straße und zu Hause hören konnte. Adam verkaufte seinen Verstand. Er verkaufte seinen besten Freund, um in einer normierten Welt selbst akzeptiert zu werden und überleben zu können. Andere Spieler muss man eben töten.

Dann verließ Adam den Platz. Er verließ ihn unschuldig und in dem Glauben, ein starker Mann zu sein, der mit seiner Meinung richtig gelegen hatte. Plötzlich erschien ein Mädchen, ein reiner Zufall, und ohne einen Hauch der Vorwarnung küssten sie sich.

Zufälligerweise hieß das Mädchen Eve und war gar nicht so sehr abgeneigt von diesem unerwarteten Kuss.

Adam und Eve: das musste einfach passen.

Zufälligerweise hatte dieses schöne Mädchen, genau wie Steve, dieselben braunen Haare und dieselben braunen Augen. Sie schwärmte für Kultur und hatte mehr Bücher gelesen, als das Jahr Tage lang war. Es erschlossen sich gleich mehrere Parallelen zwischen den beiden, die in Anbetracht des Unterschieds von dem einen als irrelevant und von dem anderen als monumental angesehen wurden. Es war eben das *Geschlecht*, das die Rolle in der modernen Gesellschaft vorgab. Es war die moderne *Zivilisation* gewesen, die den handelnden Personen Freiheiten verbot und sie doch gleichsam auch erschuf. Es war dieselbe Gesellschaft, die schon seit mehreren hundert Jahren in unseren Köpfen die passenden Rollencharakteristika festlegte und auch an *dieser* Stelle wieder tadellos funktionierte.

Der *Zufall* erschuf die Welt von Steve, Adam und Eve. Es war eine Realität, in der Steve keinen Platz fand, weil er sich nicht dem hingab, was man von ihm erwartete. Der *Zufall* erschuf die Welt wie aus dem Bilderbuch mit festgelegten Charakteristiken, den Protagonisten und dem, der nicht dazugehörte. Dafür wurde es *Steve*, der eine Rebellion begann. Er startete eine Revolution, die sich gegen die Erwartung einer einfachen Handlung richtete. Steve erschuf den Widerstand im Kopf. Er verbreitete Gedankengut, das nicht mehr zu stoppen war. Dennoch verurteilte er sich selbst, teilte seine Träume mit niemandem und ließ sein Herz für immer verschlossen. Was hatte er *getan?* Er verschenkte seine Freundschaft, nur damit er Gewissheit bekam. Wie gerne hätte er das alles zurückgenommen und wäre in einer Welt geblieben, in der seine Wünsche noch Träume gewesen waren. Er schämte sich für das, was er *war*, für das, was er *dachte*; dafür, dass er eben *nicht* so war wie die meisten. Er wollte eben *nie* so sein wie sie. Es war nicht seine Entscheidung gewesen.

Zufälligerweise ging die Sonne an diesem Tag langsamer unter als sonst. Zufälligerweise regnete es bis tief in die Nacht hinein und die Tropfen klopften an die Scheibe wie die nassen Vorwürfe von Steve an sein Herz. Zufälligerweise starb Adam wenige Tage später, als er die Kurve mit seinem Motorrad nicht richtig einschätzte. Steve erschien nicht zur Beerdigung. Zufälligerweise blieb Steve für den Rest seines Lebens alleine.

Zufälligerweise entstammt diese Erzählung bloß einer Kreativität, die abseits unserer Vorstellungskraft liegt.

27. Mai 2015

Die Eine

Die eine, die hatte
Finger so sanft
aber machte mir Angst

Die eine, die war
anzusehen so nett
aber sang leider nicht im Duett

Die eine, die hatte
die Haare so fein
aber war faul wie ein Stein

Die eine, die letzte
traute sich, *anders* zu sein
Aber sie liebte allein

Gedanken

Schwere Gedanken
sind Leid geplagt
Es gilt: für *nichts* sich zu bedanken
Wie oft hab ich geklagt

In einer tiefen Welt
ist es unergründlich
Wir suchen das, was uns erhellt
für eine Welt, die stimmlich

Schwere Soldaten rennen
durch die freien
weiten Wiesen, die
zerstört durch das *Kennen*

Klare Gedanken
endloses Schweigen
Volle Gedanken
feiern in Reigen?

Mein Blick

Oh, Mädchen!
Oh, Frau!
Wie du vor mir stehst
als wärst du Morgentau

Mein erfüllter Blick
kann sich nicht entscheiden
ob Mund, Nase oder Augen?
So kann ich's doch erst glauben

wenn sich unsere Blicke treffen

Eleonora

Es war einmal vor langer Zeit in einem Örtchen nicht weit von hier, hinter drei großen Seen und Bergen, eine Puppe, die ihrem Meister treu ergeben war. Die Puppe war das *Juwel* unter den Marionetten, die er schuf, und glich in ihrer Verkörperung der reinsten Perfektion. Für den Meister war sie sein langersehnter, bestrebter Maßstab der Schönheit gewesen. Sie war vollkommen. Sicher würde die Puppe irgendwann oben in einem hohen Turm aus schweren Backsteinen einen langen, scheinbar unendlichen Schlaf erleben, in Träumen schwelgen und auf einen wagemutigen Ritter, ihren Prinz, ihre Erlösung warten. Doch wer würde es sein und wann würde er endlich kommen?

Jahrelang schuf der Meister an dieser perfekten Marionette. Erst war sie nur ein Stück Material, das jedoch mit der Zeit immer mehr der Vollkommenheit näherzukommen, später das gesamte Glück der Welt in sich zu vereinen schien: eine Meisterpuppe mit blendender Schönheit und Perfektion, kreiert in den späten Abendstunden im Schein der flackernden Kerze; entworfen mit Fleiß, mit Würde und vor allem mit der gewissen Prise an *Verstand*, den Menschen *das* zu geben, was sie verdienten. Es war nur das, wonach sie sich allesamt sehnten. Der Meister gab den Menschen die Schönheit. Der Meister tat es nur für *sie*.

Immer, wenn man die verdammte Marionette erblickte, schien es, als trotze sie vor Ästhetik und Arroganz. Es war, als müsste sie jeden in den Schatten stellen, der auch nur den *Anschein* machte, mit ihr konkurrieren zu wollen. Die *Marionette* war es doch gewesen, die für diesen Ruf aus den edelsten Materialien hergestellt worden war und mit den richtigen Verhaltensweisen, von Eleganz bis Grazie, ausgestattet wurde. Nicht *einen* Makel wies sie auf, die schöne Puppe. Nicht *eine* Stelle ihres Körpers ließ der Meister bei seiner Schöpfung unbeachtet. Wie eine Spinne wob er ihr tödliches Netz aus den Verzierungen ihres Körpers und ließ den Verblendeten ihr Schicksal im Gewebe des Scheins der Schönheit. Doch so *egoistisch* es bisher geklungen haben mag, er war nicht daran interessiert, die Menschen in ihrem Elend *vergehen* zu sehen. Vielmehr versprach er sich davon, die Menschen von ihrem Fluch der Inhaltslosigkeit, ihrer *Oberflächlichkeit*, befreien zu können. War er doch *selbst* eines dieser Opfer gewesen, die die Auswahl der Schönen und Perfekten nur knapp überlebt hatten, die vor der Bühne des ›IPSA VITA‹ - Theaters saßen und faszinierend diejenigen betrachteten, die *besser* gewesen waren. Es war lediglich sein krummer Finger, sein Klang der Worte, der ihn dazu verdammte, jeden Tag alleine auf dem Hügel zu sitzen und sich nach der Liebe zu sehnen, die er wohl nie bekommen würde.

Die Menschen bekommen immer das, wonach ihr Herz begehrt; sei es die Ungerechtigkeit, über den Wert der anderen urteilen zu dürfen.

Unzählige Marionetten hatte der Meister bereits *vor* ihrer Zeit geschaffen. Es waren unzählige Versuche nötig gewesen, der Perfektion nahezukommen und unzählige Testläufe, auf *das* hinzuarbeiten, was er *nun* vollbracht hatte: sein Geschenk an diese verruchte Welt, in der er sein verkommenes Dasein verleben durfte. Und umso klarer sein Gedanke, sein Wunsch und Wille, aufblühte, desto klarer nahm die Puppe ihre Gestalt an. Irgendwann war er so *besessen* von der Fertigstellung, dass er nicht mehr aus dem Hause kam und die Leute anfingen zu munkeln, welche dunklen Kräfte sich wohl in seinem Wesen und seiner Wohnung vereinigt hätten. Er war wohl das erste Opfer seiner Puppe.

Die Leute sprachen von den verschiedensten Gegebenheiten: » Er habe sich umgebracht «, hieß es. » Der plant etwas ganz Böses «, verstand man manchmal in den Gassen, wenn man nur ganz genau hinhörte. Und mit ihrer letzten Vermutung besiegelten sie das Schicksal ihrer selbst und ihrer ungeborenen Kinder. Sie sollten nicht im Unrecht verweilen.

Der Meister schnitt und schliff. Sandpapier für Sandpapier verbrauchte er, um der Puppe die Maße und Kurven zu geben, die sie *verdiente*. Erlesene Steine aus den Höhlen von Peru ließ er beschaffen. Das schönste Pferdehaar bekam er aus dem Zarenreich. Eines Tages war es soweit: Die Sonne küsste die Haut der Marionette. Der Meister hatte seine Arbeit vollendet, zog schwungvoll das Tuch von der Puppe und präsentierte sie seinem Publikum mit einem hämischen Lachen. Es war der Moment, in dem sich Himmel und Erde vereinte. Sie sollte alles überdauern. In seinen Träumen sollte die Puppe ebenso lang existieren, wie die Menschen sich selbst selektierten. Die Puppe sollte ihr Unheil werden. Die Puppe sollte ihnen *das* vor Augen führen, was sie den anderen ihr ganzes Leben lang angetan hatten.

Der Meister war schon immer etwas komisch gewesen. » Er ist nicht normal «, sagten die Leute. Einige Geistliche bezichtigten ihn sogar der Besessenheit, wollten ihn zum Exorzismus führen oder wie eine Hexe auf dem Scheiterhaufen verbrennen lassen. Doch selbst wenn, es wäre bereits zu spät gewesen.

Es war ein triumphaler Tag. In Orléans stand er mit den adeligsten und schönsten Frauen und Männern, die die Welt hervorgebracht hatte, im gefüllten Saal der Familie Chevalier. Wenige Zeit später stoppte er das Orchester, das bis dahin ein Stück aus Tschaikowskis Schwanensee gespielt hatte. So, wie man den Saal nur kannte, so, wie man von ihm aus den unzähligen Erzählungen gehört hatte, war er mit strahlenden Diamanten und schillernden Juwelen besetzt. Der goldene Lüster hing von der Decke herab, verkörperte das Gefühl einer friedvollen Welt und ließ beinahe jeden seine Sorgen vergessen.

Der Meister ging die Stiege empor. Von dort oben sah er auf den marmorierten Boden hinab, auf dem die schwarzen geputzten Lackschuhe der Herren und Damen standen. Er beäugte und tadelte sie mit seinen Blicken: » Seht, was *ich*, mehr noch, *ihr* erschaffen habt! *Das* ist *unsere* Perfektion! Spielen wir mit ihr und lieben sie, wie wir uns nicht einmal *selbst* lieben könnten! Sie ist nicht meine, eher *unsere* Puppe! «, sprach er plötzlich. Das Publikum zeigte verwunderte Gesichter. Was *wollte* dieser alte Mann dort oben von ihnen? Waren sie deshalb erschienen? Ein Schauer der Ängstlichkeit lief wohl jedem einzelnen über den Rücken. Mit einem Schwung riss der Meister das rote, seidene Tuch hinunter und die Menge erstaunte. Was sahen sie nun? Rosige Wangen, strahlende Saphire in den Augen einer wunderschönen Frau! Die Haare waren so braun wie das Ebenbild einer schweren Eiche, die Finger so leicht und zart wie Federn. Sie hörten eine Stimme, die Vögeln glich. *Das* musste Göttlichkeit gewesen sein.

» Nun, fortan soll sie den Namen Eleonora tragen! «, schrie er in die Menge. Scheinbar besessen lachte er dann und erblickte die Gesellschaft, die sich unter ihm versammelte. Er sah in jedes Augenpaar und erblickte Verwirrung, aufkeimende Angst; aber auch, zu seiner Missgunst, erspähte er Gelächter und konnte Belanglosigkeit heraushören. Verstanden die Menschen denn immer noch nicht, was diese Puppe für sie bedeutete? Verstanden sie denn nicht ihr *Schicksal?* Sie hatten ihre lächerliche Ignoranz beibehalten und trotzten immer noch vor gleichgültiger Arroganz.

Die Puppe sollte den Namen Eleonora bis an ihr Lebensende tragen und die Kreaturen bis zum Ende aller Zeit verfolgen. Denn es war schließlich nicht so, dass Eleonora einfach Eleonora *war, nein, sie war noch so viel* mehr.

Eleonora lebte *gern* als Puppe, hatte alles, was sie brauchte. Wonach sollte sie sich noch sehnen? Sie war schön in Charakter und Person, hatte jemanden, der sie auf dem rechten Weg behielt und eine Welt, die sie zu verändern hatte. Der Ruf als Marionette war ihr unumstritten, keiner wagte sich, ihr diesen streitig zu machen. Bewunderung für diese Perfektion erhielt Eleonora gewiss. Anerkennung und Beachtung standen gleichauf mit Inhaltslosigkeit und absoluter Selbstverstümmelung. Sie lebte *gern* bei ihrem Meister, doch wie jede Puppe überlebte auch *sie* ihren Schöpfer und war das letzte, was von seinen Memoiren übrig geblieben war, sozusagen der letzte Gruß, sein Vermächtnis an die Welt. Man würde seinen Namen vergessen, sein Gesicht, aber Eleonora, sein Meisterwerk, bestünde über alle Zeit, bis in die Ewigkeit, bis in die Endlichkeit des Seins.

Eleonora war die Puppe der Veränderung, einer neuen Zeit. Sie war das Ergebnis einer Welt, die einen gebrochenen Mann zurückließ.

Schließlich war es ihr Schicksal geworden, dass sie von Generation zu Generation, von Krieg zu Krieg, von Land zu Land weitergereicht wurde. Sie überlebte die Verfolgung und die Menschentrennung. Zeiten vergingen und Menschen änderten sich, doch die Ideale *blieben*. Die Menschen schienen dieselben zu sein, ihre Betrachtungsweisen hatten sich keineswegs grundlegend verändert. Noch immer selektierten sie. Vielleicht war es nicht mehr so fatal gewesen, aber immer noch ordneten sie Menschen in Schubladen ein. Auch wenn es nur ›schön‹ und ›hässlich‹ gewesen war; ihr Selektionsstreben musste angeboren sein.

Eines Tages schenkte man sie einem jungen Mann, der Muskeln und ein schönes Gesicht besaß. In dieser Zeit traf man sie oft im Laden an, in dubiosen Geschäften oder auf Jahrmärkten, wo sie mit ihrem Puppenmeister erschien. Bei ihrem Antlitz vergaßen die meisten häufig, dass Eleonora eine *Marionette* gewesen war. Sie fragten und sagten Dinge, die die Puppe nicht beantworten konnte, wenn ihr Meister nicht dabei gewesen war. Wie sollte sie *ohne* ihn leben? Aus Verzweiflung und Unsicherheit stolzierte Eleonora, die Puppe, nur umso schöner, als sei sie *diejenige*, auf die man sein Leben lang gewartet hätte. Und ja, vielleicht war sie das auch! *Gelobt* wurde sie dafür! Wie *gut* sie war, was für ein *guter Mensch* doch in ihr steckte, wie sie die Welt *positiv* beeinflusste! Letztendlich war sie aber nur schön gewesen. Keiner wusste, wer oder was sie überhaupt war, keiner hatte sie wirklich gekannt. Man urteilte über eine Schnitzerei, einen Zeitvertreib, ein Lebenswerk; aber man blickte nicht in ihre Augen, sondern nur in die Leere der Vergänglichkeit. Valerie kannte man vielleicht aus Erzählungen, aber Eleonora war Wirklichkeit geworden! Es vergingen keine Sekunden, in denen man überlegte, wenn man sie sah. Die Aufgabe der Puppe erfüllte sich. Man *sollte* sie nicht kennen. Man *durfte* es nicht. Ihr Charakter wurde ja sowieso mit der Zeit immer undurchsichtiger. Niemand interessierte sich mehr für das, was sie vielleicht hätte sein können. Was war das Besondere an ihr? Sie wusste es nicht. War es ihr jemals bekannt gewesen?

Wer braucht schon ein Bündel mit Individualität? Man verliebt sich schließlich auf den ersten Blick und nicht dann, wenn man sieht, wie fürchterlich oder wie herzallerliebst ein Mensch in seinem umwobenen Inneren ist.

Man sollte von Eleonora schwärmen, sich dabei in ihrem Netz aus Verblendung verfangen und nie wieder glücklich werden; so wurde es ihr beigebracht, das hatte sie zu erfüllen. *Ja*, sie *wollte* es erfüllen. Es fühlte sich gut an, ihre Opfer *leiden* zu sehen, denn sie waren es doch zu Recht geworden! *Niemand* war ohne Grund ein Geschändeter gewesen! Diese Menschen hatten keinen Partner verdient, wenn sie auch nur *einen* anhimmelnden Gedanken an Marionetten verschwendeten. Sie nannten sich Gewinner, sie dachten, sie wären es, aber sie verloren alles, was wichtig gewesen war. Selbst wenn sie für diese Puppe schwärmten, weil sie vielleicht so schön war, wie nur Gott selbst es sein konnte, gab es nichts, was ihre Handlung rechtfertigte. Menschen waren *lächerlich*, sie waren *erbärmlich!* Sie fanden *sie*, diese tolle *Puppe*, so wunderbar und begehrenswert, als sei sie ein Gottesgeschenk. Das taten sie, obwohl sie einen Partner, eine Partnerin hatten, sie und ihn *liebten!* Es war *geistiger* Betrug. Mehr war es nicht. Sollte nicht einzig und allein der Partner für die Menschen ein Gottesgeschenk sein? Eine viel größere Schande war es aber für die Verratenen. Sie denken und hoffen, vertrauen zu können, sind vielleicht schon in einer Liebesbeziehung, aber dann werden sie zurückgestellt! Liebäugelt man mit jemand anderem, bloß weil er schöner wirkt? *Wie können Menschen nur so sein?*

Eleonora begriff, dass sie nicht Verachtung für die Betrüger, sondern Mitleid mit den Verratenen fühlen sollte.

Puppen waren *gute* Instrumente. Sie waren *gute* Maschinen, die aus den verschiedensten Zahnrädern zusammengestellt wurden. Sie waren so verschieden, doch glichen sie sich in einem einzigen Punkt, in dieser einen Kreuzung, perfekt in ihrem *Können* und in ihrem unermesslichen *Wissen* zu sein. Sie waren zu unmenschlich, um die Folgen ihres Handels zu verstehen. Sie bekamen es von ihren Meistern antrainiert. So wurden Puppen geschneidert; die einen mehr, die anderen weniger effizient. Puppen hatten zu *gehorchen*, sie ergaben einen *anderen* Sinn als Menschen. Ihre Grundsubstanz bestand aus dem bloßen Egoismus des Meisters, der sich durch die Illusion auszeichnete, das richtige Handeln *inne* zu haben. Es war der Gedanke einer Perfektion, die die Meister antrieb und uns wohl nie erreichen würde. Die Träume dahinter waren nicht immer schlecht gewesen! Die Meister waren keineswegs immer nur *böse* Menschen, die nach *Verderbnis* lechzten, nein! Die Meister hatten oftmals einen guten Gedanken und die Absicht, die Menschheit zu verbessern. Dieses Handeln mussten sie den Puppen autoritär *verständlich* machen, damit *diese* es anderen unbedacht vermitteln konnten. Das Ziel war lediglich, Meinungen, Gedanken und Erfahrungen beizubehalten. Es musste weiterhin bestehen und weiterleben, damit es nicht verloren ging.

Gerade *weil* Eleonora diesen Ruf der guten Marionette so liebte, sie diesem ebenso gut nachkommen wollte, tat sie daher alles, was der Meister von ihr verlangte. Sie machte es o, wie es gute Marionetten eben tun mussten, diese schönen anmutigen, *selbstlosen* Puppen.

Es ergab sich einst, dass der letzte Meister von ihr verlangte, ein Mahl zu bereiten. Sie solle das in der Küche tun, im Raum neben ihm, damit er nicht sehen musste, wie erbärmlich sie sich anstellen würde. Was war nur mit ihr geschehen? Wo waren diese Zeiten voller Ruhm und Begierde geblieben? Wer *interessierte* sich noch für die Eleonora von gestern? Vielleicht war sie auch einfach keine Eleonora von heute gewesen. Wer blickte in diesen Tagen noch hinter die Fassade von schönen Puppen?

Der letzte Meister, er war der schaurigste und ihr gefürchtetster gewesen. Nicht sie, sondern der *Spieler* hatte die Macht über die Puppe gehabt und er missbrauchte ihre eigentliche Funktion. Die schäbigen Taten hatte *sie* zu erfüllen, nicht die lehrreichen. Alles Schlechte in der Welt war *ihre* Schuld. Sie war nicht mehr gut genug. Eleonoras Tage sollten nun bald im Dunkeln der Nacht vergehen. Sie sollten bald für immer verschwinden.

Während sie also in der Küche fungierte und arbeitete, sie das Brot mit frischer Butter bestrich, führte sie ihr Blick hinaus in die Welt. Wie sehr sehnte sie sich danach, wieder den Atem dieser Freiheit zu spüren. Wie sehr erhoffte sie sich, dass man sie von ihrem Leid erlöste. Oder war es das gar nicht? War es ein ganz normale Gefühl, von dem nur keiner sprach?

Das Fenster, aus dem sie sah, war sauber, es war glasklar gewesen. Sie hatte die gesamte Wohnung gestern erst geputzt. Sie hatte den Lappen nass gemacht, die Scheiben mit Reiniger besprüht. Sie machte es, wie man es ihr beigebracht hatte. Sie machte es, wie sie es immer getan hatte, so, wie man es in ihren kleinen, hölzernen Kopf eingepflanzt hatte. Sie hatte dem Meister seit Jahrhunderten zu gehorchen. Niemals irrte sich die Autorität. Warum sollte sie auch einen Grund haben, das anzuzweifeln?

Während sie in den Hinterhof hinausblickte, erspähte sie *andere* Puppen. Sie handelten nicht wie *richtige* Marionetten. Was taten sie dort? Es mussten schlechte sein. Es mussten unwürdige, nutzlose Puppen sein. Die in der Küche stehende Eleonora fühlte endlich den Impuls, etwas zu bewegen, etwas bewegen zu *können*. Sie erlebte eine innere Auseinandersetzung mit sich selbst. Es kam zu Kontroversen in ihr, in ihrem eigentlich so *einfachen* Träumen. War es das überhaupt noch, ein Traum, was sie gerade *vollbrachte?* Es war nun nicht mehr die Fantasie, die sie am Leben hielt, denn Eleonora *dachte*. Konnte sie das überhaupt tun? War sie befähigt, zu *denken?* Würde es jemand wissen? Würden sie es *herausfinden?* Würde sie akzeptiert werden oder war es ihr vorenthalten? Wie lang hoffte sie, es würde alles beim Gleichen bleiben.

Was machten nun diese Puppen im Hinterhof? Was sollte ihr Verhalten darstellen?

Es war ganz einfach. Die Puppen hatten eine Art Kugel, die sehr weich erschien. Eleonora kannte solche Gerätschaften nicht. Die Puppen warfen sich diese Kugel nun gegenseitig zu oder traten sie. Manchmal benutzten sie auch die Kugel, um eine andere Puppe damit abzuwerfen. ›*Verachtend*‹; es war so verachtend gewesen. Eleonora tat es schon beinahe leid.

Aber in dieser kleinen Erzählung geht es nicht um die Puppen im Hinterhof, es geht um unsere liebe Eleonora.

Eleonora war aus dem besten Holz geschnitzt, trug die besten Kleidchen aus Samt und war mit zwei Knopfaugen aus Saphiren bestickt. Niemand hatte sich gewundert, warum Eleonora nun so anziehend, warum sie nun so außerordentlich besonders gewesen war. Niemand hätte gewagt zu fragen, warum sie nicht die Meisterpuppe sein sollte.

Es folgte der Gang zum Meister, der im Bett sehnlichst auf sein Essen wartete. Sie stand vor ihm und prompt tadelte er an ihr alles, was seiner Meinung nach noch nicht ganz perfekt gewesen war. Eleonora befand sich vor ihm. Es beschäftigte sie immer noch, was sie vor Minuten im Hinterhof gesehen hatte. Was taten die Puppen? Konnte sie das *auch*? Warum hatten die Marionetten hochgezogene Münder und stießen Laute von sich?

War dies schlechtes Verhalten? Die Meisterpuppe tat dies nicht.

» Meister «, ertönte ihre kalte Stimme, » vorhin sah ich Puppen im Hof. « Während sie ihm genauestens erläuterte, was sie gesehen hatte und kein Detail vergaß, räusperte sich der Meister und schluckte. Er befahl erneut und sie ging davon.

Für Eleonora gab es in der Welt *zwei* Arten von Lebewesen: die Erschaffer und die Puppen. Die Meister hatten stets Recht. Die Erschaffer waren jene, die bestimmen durften und alles wussten. Es musste gut gewesen sein, wenn ein Meister etwas forderte und befehligte. Erschaffer waren keine Puppen, sie waren auch nie welche gewesen. Meister hatten das Glück gehabt, nie Puppen gewesen zu sein und Puppen hatten das Glück, immer einen Erschaffer zur Perfektion an ihrer Seite zu haben.

Das perfekte Denken der Meisterpuppe war unübertrefflich.

Anmutig, fast schon mit Stolz, schritt Eleonora auf den Hof. In ihrer Hand glänzte Silber. Es war das wunderbarste Silber vom Meister, das durch seine Gedanken getragen und mit seinen Worten ausgeführt wurde. Ihr Blick fokussierte sich. Schritt für Schritt näherte sie sich ihren Opfern. Es waren wehrlose Kinder. Sie ging auf die spielenden Puppen zu und versenkte das Silber in ihren kaputten Körpern. Mit einem Schrei waren sie erlöst. Sie mussten dafür leiden, was sie vorhin von sich gegeben hatten. Eleonora hatte nur das Richtige für die verkommenen Puppen gemacht. Es konnte nicht falsch gewesen sein.

Um sie zu befreien, mussten sie leiden.

Und plötzlich standen *neue* Lebewesen vor der Tür. Es waren keine Meister, keine Puppen. Sie konnten Eleonoras Meister befehligen und der Meister hörte. Das Weltbild der Meisterpuppe zerbrach. Es zerbrach wie ein Spiegel in hunderte Scherben. Sie nahmen sie mit, Eleonora schrie. Eleonora wollte das nicht. Was hatte Eleonora getan? Wo war ihr Meister? Es war doch die richtige Entscheidung gewesen!

Nachwort

Erst in den letzten Tagen von Eleonoras Leben, als ihre Manschetten sich lösten, als ihre Gelenke brüchig wurden, erst als die Kleidung von den Motten zerfressen war, bemerkte sie, dass es keine Puppen gegeben hatte. Sie war keine *Puppe*. Es gab auch keine Meister, es gab keine *anderen*. Ihre Aufgabe, die Menschheit von der Plage der Inhaltslosigkeit zu befreien, hatte sie nicht erfüllt. Sie konnte es ja gar nicht. Denn die Oberflächlichkeit geht mit den Menschen einher wie die Jahreszeiten auf der Erde. Die Gedanken kommen und die Gedanken gehen. Ein Ende ist nur in Sicht, wenn man selbst den Mut hat, etwas zu verändern.

Eleonora sollte ihren letzten Auftritt auf dem Holzschrank des kleinen Jungen Jeremy begehen. Er streichelte sie noch einmal und zog ihr ein neues Kleidchen an. Dann verschwand er, wie auch schon Eleonora, in den Weiten der Welt.

20. Juni 2015

Die drei Künstler

Es waren drei Gestalten
Künstler von Beruf
Sie versuchten, weit sich zu entfalten!
Der eine, der schuf

neue Welten, neue Farben
zeichnete damit in die Narben
die er sich erwählt
Dies war es, was ihn zusammenhielt

Der zweite, der schrieb
viele Texte ganz lieb
Er träume von Gegebenheiten
und ganz neuen Seiten

welche er konnte belichten und nennen
Er konnte sprechen, ohne dass sie ihn kennen
So schrieb er nieder seine Schriften
mit den Wörtern in Lüften

Auch den dritten müsste man wissen
der besang sie alle, bis sie hissten
die Flagge der Freude, die Flagge der Heiterkeit
bei den Tönen, die durch seine Stimme weit

getragen wurde und in den Köpfen blieb
Eines hatten sie gemein: *den Drang, der sie trieb*
So stand'n sie zusammen
bereit, für ihre Kunst zu entflammen

vor dem Gebäude zu dritt
und warteten mit
ihren Kunstwerken, die sie zeigten
den Menschen, welche neigten

ihre Köpfe und flüsterten
Am Ende der Hoffnung, die Vertreter setzten
jedem ein Glas Honig unter die Nase
So sollten die drei kommen in Ekstase

Sie schmierten und wägten
deren tollen Arbeiten
und nannten einen fairen Preis
mit dem Hinweis

sie unbedingt *vertreten* zu wollen
Doch bei den dreien, da rollen
die Tränen
Die Vertreter vergaßen, die Kunst zu vernehmen

Kämpfer ohne Phantasien

Ich habe einen Traum
mit viel Glück und Liebe:
Es gibt Kriege kaum
und die Welt ist in Friede

Tanzend auf den Wiesen
hüpfen wir durch diese Welt
Die Freude wir genießen
wir sind so der *wahre* Held

unserer Gedanken
die wir geschrieben
zwischen denen wir schwanken:
Wie sehr sind wir verschieden?

Ich habe dich
zusammen liegen wir
und du hast mich
Es scheint, als sei die Welt Papier

Es *endet* nicht
die Welt erstrahlt
Wir sehen auf das Licht
und so scheint sie nicht, sie *prahlt*

Am Ort der stillen Gesichter
dem Ort der Kategorien
kämpfen wir nun als Richter
Wir sind die Kämpfer ohne Phantasien

I. Band
Die Kämpfer ohne Phantasien
Die Banalität der Andersartigkeit

Drei Geschichten dreier Menschen
mit ihren Problemen und ihren Kämpfen
sehen wir hier und gleich
sollen uns werden lassen bleich

Doch wir nicht sind die Menschen
mit ihren Problemen und ihren Kämpfen
Wir, wir können anders sein
Wir, wir kämpfen nicht allein

Still verein'n sich unsere Lippen

Still verein'n sich unsere Lippen
Jede zieht langsam ihre Bahn
Wenn wir einander nippen
scheint es wie in einem Wahn

Wir berühren zart die
kitschigen Träume
Wir stellen fest, die
Träume waren Schäume

Und so endet es:
der Traum eines jenen
der aufgegeben hat, es
mit der Liebe ernst zu nehmen

Wie zwei Wellen

Wie zwei Wellen
treffen wir zusammen
uns gegenseitig zu erhellen
uns gegenseitig zu entflammen

Das ist unser Weg
das ist unser Ziel
bewusst auf dünnem Steg
bewusst geführt das Spiel

Wünschte ich, es könnte
bleiben für die Ewigkeit
bleiben im Ambiente
verweilen in der Zweisamkeit

Die Entfernung, sie spielt mit
so weit weg du bist
Wäre es doch nur ein Schritt!
Wie mein Herz mich zerfrisst

Vielleicht, ja, vielleicht bald
werde ich dich halten
Ich bin nicht mehr kalt
wir lieben zusammen

und sind nicht mehr gespalten

Sternenzelt

Sterne und das Sternenzelt
die Lichter und das Funkeln
Unsere Welt?

Sachte, sachte
fass es nicht an!
Besinn dich, pass auf
Das ist, was unsere Welt machte

Zerbrochen und kaputt
So ist das halt
Wir sind so kalt
bis alles liegt in Schutt

Kalte Fenster

Harter Regen prasselt an die Scheiben meines einsamen Zimmers und fühlt sich wie mein verlorener Herzschlag an. Jede weitere Sekunde, jede weitere Minute, die ich vor der erkalteten Scheibe stehe, lässt mich an die glücklichen Tage zurückdenken; an *unsere* glücklichen Tage, an die, die wir gemeinsam geteilt haben. Es schien so perfekt, so wundervoll und so *unglaubwürdig*. Hatte ich es nicht verdient? Mein Herz schlägt schneller. Meine Lider zucken. Meine Augen starren hinunter auf die Straße, ins Nichts, ins verderbliche *Nichts*. Dort stand *niemand*, niemand, der auf mich warten würde. Ich stand am Bahnhof und keiner holte mich ab; nicht mein Traum, nicht meine Realität, nicht einmal das Leben wartete auf eine wie mich; auf eine der Vergessenen. Man nennt ihn Lärchenwinter und ich erblicke ihn direkt vor mir.

Das *Nichts* scheint in diesen Stunden so viel mehr, als es eigentlich bedeutet. Es hüllt mich in die Dunkelheit und bringt mich zurück in meine Gedanken, in die *dunklen* Gedanken, in die *schönen* Gedanken, in meine Träume, in die Welt, die ich mir wünschen würde. Zitternd hebe ich meine Hand und wische meine Tränen weg. Jede einzelne erzählt mir eine Geschichte meiner verlorenen Erinnerung.

Die weißen Vorhänge verwandeln sich in einen zauberhaften Nachtschleier, der uns beide zärtlich umhüllt. Er bildet ein funkelndes Sternenzelt mit vereinzelten Schneeflocken, die sich auf unsere Köpfe setzen. Das gemusterte Fell meines wärmenden Mantels streift meine Nase. Er hält mich warm. Zusammen wandern wir durch den feinen Schnee und wir hinterlassen unsere harten Spuren. Wir hinterlassen unsere kahlen Tritte im verschneiten Boden. Unsere Fußabdrücke verewigen sich in der weißen Decke; sie verewigen sich in meinen Träumen, wie du es getan hast. Gemeinsam laufen wir weiter, bis du stehen bleibst und dich vor mich stellst. Ich sehe in strahlende Augen, verliere mich in deinem Blick und kann nicht glauben, dass dieser Moment wirklich geschieht. Ich senke meine Lider und lasse den Augenblick geschehen. Ich lächele, meine dunklen Haare wehen im leichten Wind. Du ziehst mich weiter. Das Ziel verrätst du nicht. Es ist *Winter* und mir ist nicht einmal kalt. Es scheint so *unwirklich*, aber ich liebe diese Illusion. Ich würde für sie *sterben*. Ich würde für *dich* sterben, für alles, für meine Träume, für meine Träume mit dir.

War ich dir nicht *gut* genug? Hätte ich mich verändern sollen? Hätte ich? Hätte ich. Warum kannst du mir nicht antworten? Ist es mein Name, der sich bei dir eingebrannt hat wie ein Siegel? Es tut mir so leid. Es tut mir unendlich leid. Ich kann nichts daran ändern, wer ich bin.

Sind es meine roten Haare, die dich anwidern?

Bitte, komm doch einfach zurück und liebe mich! Verlass mich nicht. Lass mich nicht alleine! Ich kann nicht mehr. Hilf mir!

Erneut?

Das braune Parkett wird zur staubigen Erde und meine braunen Haare verwandeln sich in einen Dutt, so, wie es die schönen Frauen immer trugen, die du so bewundert hast. Sie werden umhüllt von einem Tuch mit schwarzen Punkten. Sonnenbrillen zeichnen sich auf unseren Gesichtern ab. Es ist wie auf dem Lincoln Boulevard in San Francisco. Wir schreiten dem Sonnenuntergang entgegen. Schatten tanzen um uns herum. Sie erheben sich und zerfallen wieder zu Staub. Die Welt, so falsch sie auch sein mag, befreit mich und meine Gefühle. Worte, die ich niemals aussprechen konnte, stehen nun nicht mehr zwischen uns, sondern legen sich wie ein Tuch um unsere Schultern. Deine alte Kamera macht Fotos von mir, die wir uns später zusammen ansehen werden. Ich lache und wechsle meine Gewänder. Andauernd verändere ich meine Persönlichkeit. Jedes Mal siehst du zu. Du kleidest mich neu ein. Welche gefällt dir am besten? Wir betrachten Tiere, die wir noch nie zuvor gesehen haben und am Ende des Tages legen wir uns am Lagerfeuer zu Bett. Wir erzählen uns Geschichten von längst vergangenen Tagen und von längst zerflossenen Träumen. Deine Stimme ist Musik, dein Lachen eine Harmonie.

Hab ich dir etwas angetan? Ich stehe vor dir, kaum bekleidet. Ich schäme mich nicht. Ich bin so, wie Gott mich schuf und darauf bin ich stolz. Ich fühle mich gut. Ich will so bleiben.

Lass mich los und nimm mich wieder, so, wie du es immer getan hast.

Es kostet so viel Kraft. Ich kann dir nicht mehr geben, was du von mir wünschst. Ich schaffe kein Leben mehr ohne dich. Meine Seele und meine Liebe habe ich dir geschenkt. Ich will sie *wieder* haben. Das ist das einzige, was ich von dir erwarte. Ich kann nicht mehr, *Oh Gott,* warum? Ich wünschte, du würdest wissen, was du mir angetan, wie du mich verführt, wie du mit mir gespielt hast; wie mit einer Puppe, einer Marionette.

Aber ich bin doch so viel mehr.

Wo bin *ich* geblieben? Was ist das für ein Leben? Meine Gedanken bringen mich um. Meine Liebe bringt mich um. Alles bringt mich um. Meine Liebe zu dir bringt mich um. Und ich muss mir eingestehen: *Du* bringst mich um.

Das Fenster ist so kalt wie mein Herz. Erwärme mich. Erwärme uns, bevor wir für immer gefrieren. Bist du es, der dort unten steht und sich an die Laterne lehnt?

Die grauen Wände kommen auf mich zu und sperren mich ein. Ich rüttele an den Gitterstäben. Du sitzt hinten und lachst. Lachst du mich aus? Ich will uns doch nur befreien. Der Beton ist hart und undurchdringbar. Die Stangen lassen sich nicht verbiegen. Wie sollen wir herauskommen? Wollen wir uns überhaupt aus den Fängen des Lebens befreien? Mit dir wäre mir das egal, solange ich *dich* habe; solange wir *zusammen* sind, solange ich mich bei dir *sicher* fühle.

Wohin gehst du?

Die Sonne scheint und erhellt deinen Körper. Du lässt mich stehen und brichst die Gitterstäbe auf. Du kletterst hinaus und lässt mich zurück. Du biegst die Stangen wieder gerade, damit ich mich nicht befreien kann. Ich strecke meinen Arm durch das Gitter und will dich festhalten. Ich will, dass du mich befreist, mich mit hinausziehst. Aber du drehst dich nicht einmal um. Mit letztem Blick sehe ich dir hinterher und schließe meine Lider. Mein Herz geht an der Distanz zugrunde.

Kann unsere Erinnerungen nicht einfach einfangen? Könnte ich sie nicht in den unterschiedlichsten Gefäßen aufbewahren und dann ansehen, wann ich will? Warum verfolgst du mich so sehr, warum tust du mir das an? Muss das mit uns denn enden, muss es mir so wehtun? Muss es das? Könntest du nicht einfach länger bleiben und wir gehen *zusammen* von dieser Welt? Warum kommst du und gehst? *Warum bist du so?* Du reißt mich mit und ich lasse mich einfach gleiten, *wie naiv.*

Ich habe dir vertraut.

Der grüne Teppich breitet sich aus und erblüht in leuchtenden Farben. Der schwere Schrank wird zu einer alten Linde, die dir und mir Schatten im heißen Juli bietet. Die Sonne geht langsamer unter als in der Realität und mit dir scheint dieser Moment so unbeschreiblich himmlisch. Ich pflücke die schönsten Blumen, die neben mir zu finden sind und flechte ein Armband, lege es dir auf den Kopf und du lächelst mich an. Du bist perfekt für mich. Du tust mir gut. Deine Schulter ist angenehm. Ich könnte Jahre damit verbringen, mich an dich zu lehnen. Dieser Moment darf, nein, nein, das *muss* enden, *jetzt*.

Ich kann nichts dagegen tun. Ich werde dich loslassen müssen. Ich muss, sonst zerspringe ich. Ich werde dich einfach gehen lassen müssen, so, wie du es mit mir gemacht hast. Wir waren nicht füreinander bestimmt. Das ist auch vollkommen in Ordnung. Ich werde dich niemals vergessen.

Auch wenn du nur ein Schatten warst.

Ich werde dich genauso fest in meinen Erinnerungen behalten wie damals, als du mich umschlungen hattest, als meine Träume sagten, du *liebst* mich, als meine Träume mir versprachen, dass wir für immer zusammenbleiben würden. Ich weiß jetzt, dass jedes Leben *gleichwertig* ist und ich dir nichts schulde. Ich verdiene ein *anderes*, vielleicht ein besseres Leben.

Lass mich jetzt gehen. Jetzt bin ich bereit.

Die Decke lässt die bezaubernde Schneelandschaft entstehen, so, wie ich sie liebe, so, wie ich sie mir immer vorgestellt habe. Wir sind die letzten Schritte gelaufen und der Mantel kitzelt meine Nasenspitze, weil sich der Stoff schützend um mich legt. Du willst mit mir hinauf zum Berg, doch deine starke Hand löse ich von meiner, als wäre sie eine simple Pflanze, die etwas mühsam zusammenhielt. Deine gleitet aus meiner, unsere Fingerkuppen berühren sich ein letztes Mal.

Es war so einfach. Wenn ich es damals nur gewollt hätte.

Du drehst dich kein einziges Mal um und gehst weiter, während ich von dir weglaufe und die letzten Tränen auf meiner Haut verblassen. Du hast es nicht gemerkt. Nichtsahnend läufst du den Hang hinauf. Vielleicht bist du glücklich, vielleicht wirst du in Tränen ausbrechen. Ich lasse dich in meiner Fantasie vollkommen zufrieden sein. Du sollst so sein, wie ich es mir immer vorgestellt habe. Ich lasse dich glücklich zurück, fröhlich, so, wie ich immer sein wollte: nicht traurig, nicht ungeliebt, nicht naiv. Ein letztes Mal drehe ich mich zu dir um und plötzlich bist du verschwunden. Unser letzter Kuss verweilt in der Stille der Nacht. Ich blicke in deine Richtung, aber ich kann dich nicht mehr sehen. Es ist vielleicht besser so.

Wenn ich dich morgen wiedersehe, dann wirst du mich vielleicht endlich ansprechen und ich werde ›Nein‹ sagen. Ich werde dich abweisen, weil ich weiß, was geschehen würde. Ich will *mich* und ich will *dich* beschützen. Ich will uns beide vor etwas Schlimmem retten, was nicht geschehen darf, was mich vielleicht schwerer treffen würde als dich. Vielleicht wirst du den Rest deines Lebens an mich denken. Vielleicht wirst du dich später mal an mich erinnern. Vielleicht bilde ich mir das auch alles nur ein und bin lediglich ein unbedeutendes Sandkorn von vielen. Vielleicht warst du etwas *anderes*, vielleicht warst du aber auch genauso, wie ich mich dir erträumt habe. Nächtelang lag ich in meinem Bett und habe dich mir vorgestellt.

Ich verspreche dir, ich behalte dich in meinen Gedanken, wie du dich in meinen Träumen festgehalten hast.

Ich habe dich geliebt.

Das kann ich sagen, ohne dass ich träumen brauche.

Stille Winde

Stille Winde
Lauter Fall
Große Linde
Schwerer Knall

Helles Licht
Greller Brand
Schnelle Sicht
Fernes Land

Neues Leben
Neues Licht
Altes Streben
Alter Wicht?

Schwarze Hände

Viele schwarze Hände
kriechen durch die Welt
zeigen uns nur Wände
zeigen, wie sie fällt

Da kriechen sie und gucken
gucken leis' und zucken
Da bahnen sie sich an!
Jede Nacht es neu begann

Die schwarzen Krallen, sie kommen
ich fühl' mich schon benommen
Dahinten ich sie seh'
und ich jammernd fleh':

Gleich sind sie da!
Pass auf dich auf!
Ich seh' sie ganz klar
und schreie nur:» *Lauf!*

zum nächsten Licht
doch vergiss es nicht:
Auch wenn du's erwischst
es manchmal *erlischt* «

Schwere Schatten

Schwere Schatten tragen
weiße Wolken hinterher
auf ihren weichen Wegen
wie in einem Meer

Und der Mond, der
scheint und sieht
Ins Weite sein Auge blickt
Ob er was vermied?

Die Bäume, sie
sehen zu
staunen und lauschen
Sie lassen's in Ruh'

Kalte Böden

Es ist schon spät, als ein Mann im mittleren Alter durch die grauen Straßen der verschneiten Stadt läuft. Weihnachten ist vorbei, die Liebe vorüber und die Personen, die sie brachten, sind verschwunden. In Einzelfällen überdauern einige Menschen diese himmlische Zeit zusammen, doch sind auch die letzten nach spätestens zwei Wochen nicht mehr aufzufinden und sitzen wieder verteilt in ihren *eigenen* Gemächern. Dann verblassen die Lichter, die Zimmer verdunkeln und die Menschen entschwinden. Die lächelnden Gesichter werden vom Alltag eingeholt und verstummen; sie verstummen im Laut der *normalen* Tage des Lebens. Schritt für Schritt stapft der Mann weiter und rutscht beinahe aus. Es war *seine* Freiheit, die er sich genommen hatte, um jetzt noch diese Schritte zu gehen. Es sind vielleicht *schwere* Schritte und, *ja*, vielleicht *wollte* er auch gar nicht gehen. Sein Weg hat kein Ziel, sein Weg hatte auch noch nie einen Anfang gehabt.

Es war keine spontane Idee, einfach fortzugehen. Er hegte diesen Gedanken schon immer. Er brauchte nur den richtigen Zeitpunkt, um ihn in die Tat umzusetzen. Dieser Moment war nun gekommen. Jetzt war die Zeit passend, ein Zeichen in die Welt zu setzen.

Der Mann kommt an Häusern mit spielenden Kindern und fröhlichen Erwachsenen vorbei, lächelt einmal, freut sich, ehe sich sein Kopf wieder im dicken Schal vergräbt. Er kommt an der Bar vorbei, in der er sonst immer um diese Uhrzeit sitzen würde, hätte er sich nicht verändert. Aber er läuft weiter. Seine Trinkkumpanen lachen mit ihren beschränkten Gemütern und erfreuen sich ihrer Situation. Es ist eine einfache, *leichte* Gegebenheit; für sie vielleicht gut, für ihn aber ungenügend.

Der Mann versteht es nicht. Es scheint ihm wie ein Schauspiel. Da gibt es ein, zwei Feste im Jahr, wo

man alle sieht, im Mittelpunkt steht und die Liebe
bekommt, die man das Jahr über vermisst hat. Soll das
der Höhepunkt des Lebens oder sogar eine Wiedergut-
machung sein? Da kommen sie dann zusammen und
sitzen um einen schwarzen Tisch, packen ihre teuren
Geschenke aus und betrachten den goldgeschmückten
Tannenbaum, der auf einem klapprigen Holzhocker
steht;

*inmitten eines grauen Zimmers, inmitten weißer Vorhänge, inmitten
eines billig hellen Laminats und unaufmerksamer Leute.*

Das war das fröhliche Fest; ein Fest, bei dem man nur
beisammensaß, um sich Geschenke mit unbekanntem
Preis zu überreichen, von denen die meisten gar nicht
ihren wahren Wert verstanden.

» Heutzutage kennen die Leute den Preis, aber
nicht den Wert «, sagte Oscar Wilde und er hatte Recht.
Wissen wir denn überhaupt, wie gut es uns geht? Wissen
wir, den Wert zu schätzen, dass wir alle zusammen
sitzen dürfen und nicht vor Hunger, Krieg oder Krimi-
nalität fliehen müssen? Es geht uns so gut und wir
wollen immer nur mehr. Wir bekommen nicht genug,
bis unsere Gesellschaft eines Tages zusammenbricht und
wir, wie immer, von vorne anfangen *(müssen).*

Er hatte niemanden gefragt, ob er gehen darf. Er
ist einfach gegangen. Hätte er Familie, jemanden, von
dem er sich verstanden fühlte, hätte er es *nicht* getan;
hätte. Warum sollte er auch jemanden fragen, was er zu
tun hat? Es geht um *ihn* und nicht um jemand *anderen,*
über den man urteilt. Es ist *seine* Freiheit, *seine* Entscheidungen zu fällen. Aber wir werden es nicht ändern können. Wir werden die Definition von der Heiligen Nacht
und der Freude nicht modifizieren. Es kommt nicht darauf an, dass diese Wände vor uns stehen, sondern, dass
die Wände in unseren Köpfen ihren lieben, verstaubten
Platz haben. *Das* ist unser Schicksal, welches wir uns
ausgesucht haben. Ohne anzuhalten, läuft er weiter.

Er läuft auf dem kalten Boden und verlässt seine Stadt. Er verlässt seine Heimat und er verlässt sein Zuhause. Er wird nie mehr wiederkehren. Der Mann ist auf der Suche nach etwas anderem. Er sucht sich eine neue Bedeutung seines Lebens und seiner Liebe. Wenn er so zurückblickt und sieht, was aus diesen Festen geworden ist, so sieht er nicht nur das Fest *alleine*, sondern vor allem die Menschen, die es verändert haben; jene Menschen, die alles zerstören müssen. Sie müssen alles zerstören und alles kaputt machen, bis sie glücklich werden. Sie können einem nur leid tun. Im Endeffekt können sie nichts dafür, sie haben es nie gelernt; nie gelernt, andere zu respektieren und andere zu akzeptieren; ein unüberwindbarer Zusammenhang.

Plötzlich stürzt der Mann.

Der Mann rutscht aus und kann sich nicht mehr auf den Beinen halten. Aber anstatt aufzustehen, bleibt er liegen und betrachtet den Himmel, den er die ganze Zeit nicht wahrgenommen hatte. Er sieht in die Sterne und betrachtet den Horizont. Er hatte ihn gar nicht bemerkt. Er hatte das Wunderschöne des Tages gar nicht betrachtet. Er war in seinen Gedanken so vernarrt gewesen, dass er den Himmel gar nicht realisiert hatte. In solchen Momenten war er ein wenig wie die, vor denen er in diesem Augenblick floh. Er beäugt das schöne Funkeln der Sterne und den hellen Mond, der ihm eine gewisse Geborgenheit gibt. Es fühlt sich angenehm an, obwohl der Boden unter ihm die entstehende gemütliche Situation mit seiner Kälte einnimmt.

So liegt der Mann da, ungeachtet; und das kurz nach Weihnachten, so kurz nach dem Fest der *Liebe*. Die Menschen gehen an ihm vorbei, sehen ihn an und schnalzen mit der Zunge. Ungeachtet der Leute, die an ihm vorüberlaufen, entdeckt er doch das *wahre* Wunder von Weihnachten. Er sieht die *schönen* Seiten, nicht die *schlechten.* Er sieht, was er hat, nicht was ihm fehlt. Er sieht, was er verstand, was sich die meisten nicht einmal ausdenken können. Er glaubt an das Glück in der Welt, an die Liebe. Er glaubt an die Freude und die Hoffnung, an die guten Seiten im Leben. Er sieht so vieles mehr, fühlt so sehr und vergisst sich dabei selbst.

Während sein Körper langsam erfriert und sich seine Seele erwärmt, hofft er, dass auch weitere Menschen aus seiner Entdeckung Nutzen ziehen können. So sieht er in seinen Gedanken die Menschen, die sich mit ihm auf den Boden legen würden. So lag in seiner Fantasie die ganze Welt auf der Erde und sah in den funkelnden Sternenhimmel. Sie legten die Waffen und Kerzen nieder, sie legten allen Streit beiseite und starrten gemeinsam in den Himmel. Und doch war es nur ein Traum, nur ein Schein, nur eine Illusion.

So würde es doch niemals geschehen.

Ein anderer sein

In der Ecke er jammernd sitzt
sich mit seinen Händen ritzt
und über seinen Körper witzt

Es ist schwierig zu verstehen
und unverkennbar zu sehen
Er tut sich doch andauernd drehen

im Kreis des Lebens
Sein Schicksal vergebens
trotz allen Strebens

ein Besserer zu sein

Entrinnen aus den Gedanken

Entrinnen aus den Gedanken
und unzähliges, sinnloses Schwanken
zwischen *richtig* und *falsch*

Was bleibt, wenn man *nicht* so ist?
Dasselbe Leben man mischt
mit den *anderen*
den *bekannteren*

Am Ende nur ein Ausweg
wenn ich mich leg
für immer zur Ruh'

Alles kaputt und zerstört
von uns selbst
man hört

keine Worte

Kampf
Gewidmet einer guten Freundin

Und wenn Gedanken dich befallen
sich um deine Hoffnung krallen
so höre mir zu:
Egal, was geschieht
wichtig bist du

Wenn Schläge dich treffen
und Wunden dann klaffen
so höre mir zu:
Egal, was geschieht
in meinem Kopfe bist du

Du bleibst *du*
wirst *nicht* gelegt zur Ruh'
Gib nicht auf, zu kämpfen
wenn dich deine Mittel dämpfen!

Hör erst dann auf zu kämpfen
wenn du weißt
was ›*das Leben*‹ heißt
und du demnach schon gewonnen hast

121

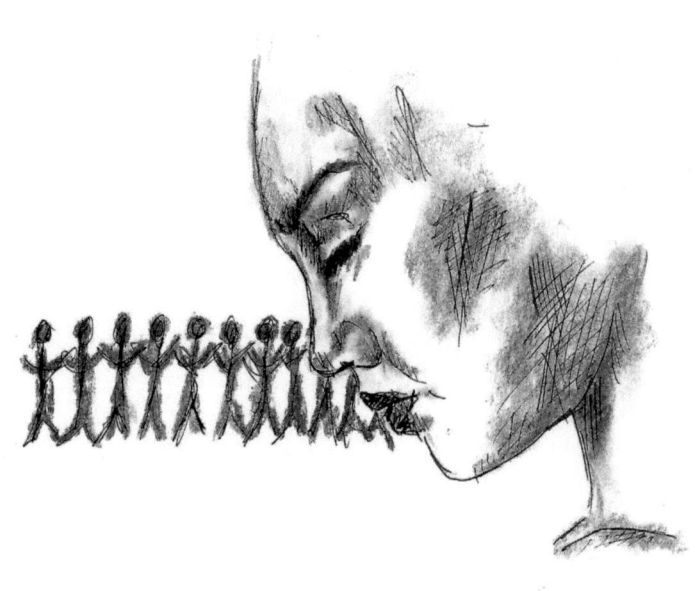

Kalte Seelen

Erzählt wird nun jene Geschichte einer jungen Frau, genannt Klara, die es wohl am Nötigsten gehabt hätte, einen guten Freund zu besitzen. Ihre Hoffnungslosigkeit soll uns dennoch als Geschenk für unser eigenes Verständnis dienen.

» Zuallererst ist zu sagen, dass das Leben, wie auch immer es sein mag, wie eine alte Treppe ist. Es geht auf und es geht ab, mal geht es hoch, mal muss man runter und manchmal stolpert man. Es quietscht und knarrt, dann geht eben gar nichts mehr. Dies ist nur eine dieser unzähligen Metaphern über ein unwichtiges Leben, die ungebildete Menschen mal von sich abgelassen haben. Sie ist herrlich uninteressant.

Es gibt Momente, in denen ich so sein möchte wie die meisten. Ich möchte mir Momente erschaffen, die die Ewigkeit überdauern, Momente, die sich in meinem Kopf als *schön* verankern und die ich immer wieder auf Fotos und Polaroids erblicken kann; aber das wird nicht geschehen. Diese Momente werden mir in *diesem* Leben nicht widerfahren. Manchmal zerreißt es mich und manchmal bin ich glücklich, so zu sein, wie man mich erschaffen hat. Manchmal bin ich glücklich, *anders* zu sein, *anders* als die anderen. Man *mag* mich, aber ich bin kein *Freund*. Man *sucht* mich, aber wird mich nicht *finden*. Man kommt und geht, doch *ich* bleibe zurück.

Wenn ich vor meinem Fenster stehe und mir mein Essen mache, mir die schönsten Kleider anziehe und später am Tisch sitze, so warte ich immer darauf, dass auch nur *irgendeiner* kommt und sich zu mir setzt, so, wie es den meisten auch immer geschieht, allen, außer mir. Dann decke ich den Tisch wieder ab, stehe auf und sehe nach draußen. Ich stehe am Fenster und meine Blicke streifen durch die Landschaft. Ich weiß, dass ich *vieles* hätte verändern können, vieles, aber nicht alles.

Dort sind sie und treffen sich. In ihrer Einfarbigkeit stehen sie mit ihren coolen Schuhen und Accessoires, reden und rauchen. Sie gucken nicht einmal zu mir hoch. Soll mir recht sein.

Seht mich doch an.

Wenn *beliebt* heißt, den anderen nachzulaufen, so bin ich gerne *un*beliebt, so bin ich gerne *un*gewollt und so werde ich gerne alleine sterben. Das ist nun mal der Preis der Individualität, oder nicht? Wenn man ›man selbst sein‹ will, dann hat das eben *Konsequenzen*; und die muss ich ertragen, um mir meinen eigenen Wert zu bewahren. Aber was erwarte ich? Dass sich das plötzlich ändert? *Nein*, natürlich nicht, das könnte ich auch gar nicht. Es wäre falsch, *ich* wäre falsch, die *anderen* wären *falsch*. Es war eine Aneinanderreihung unvorhersehbarer unglücklicher Zufälle, von einigen auch ›Gott‹ genannt, die mein Leben eben in diese Bahn gelenkt haben. Man konnte mich *damals* schon nicht leiden und man wird es jetzt *auch* nicht mehr tun. Man wird es *nie* tun. Warum sollte man auch, Menschen *machen* Fehler.

Einen bis in seine Grundstrukturen zu hassen und zu diskriminieren sind aber keine Fehler. Es sind auch keine Missgeschicke. Es sind falsche Verhaltensweisen und vor allem sind es Vergehen. Es sind Vergehen an der Menschheit, an der betreffenden Person und damit auch an sich selbst. Es ist kein Fehler, ein Missgeschick, anderen Personen ein Gefühl zu geben, dass sie nicht dazugehören, dass sie es nicht wert seien. Das sind keine Fehler.

Ich bin Mensch, sie auch. Es gibt hierbei keinen Unterschied. Ob man einen nun wegen seiner Brille oder seinen roten Haaren nicht mag, spielt dabei keine Rolle. Es geht darum, dass es Menschen sind und man sie gefälligst zu respektieren hat. Da gibt es kein » Aber, … «, da gibt es auch keine » Entschuldigung, … «. Es hat nichts mit der Entschuldigung an sich zu tun, es hat etwas damit zu tun, wie die Einstellung gegenüber fremden Dingen ist. Wenn wir Menschen nicht endlich anfangen zu lernen, dass etwas *anderes* gut für uns ist, nicht schlecht, können wir endlich anfangen zu denken. Erst wenn dieser Schritt getan ist, kann man von Integration und Toleranz sprechen.

Wörter, die in unserer Gesellschaft nur zu gerne gesagt werden, während die Rate der Menschen, die sich in den Freitod stürzen müssen, in den Jugendjahren immer weiter steigt. So sollte das Leben nicht aussehen. Das akzeptiere ich auch nicht.

Die Individualität des Einzelnen und seine Freiheit sind das Wichtigste, was der Mensch, das Individuum, vorzuweisen hat. Wenn wir endlich anfangen würden, uns gegenseitig zu *lieben*, und ja, dazu benötigt es keine Gestalt mit dem Namen ›Gott‹, ›Allah‹ oder ›Jachwe‹, dann können wir anfangen, von einer *zivilisierten* Welt zu sprechen. Was ist es denn sonst?

Wenn ich dieses Thema näher betrachte, dann fällt mir auf, dass darüber immer sehr leicht gesprochen wird: » *Macht es nicht, es zerstört Leben* «, » *Macht es nicht, das ist verboten* «, » *Macht es nicht, sie sind nicht anders* «. Das kann nicht die Ursache der Aktionen sein, etwas zu verhindern. Der Grundgedanke dieser Handlungen sollte der Respekt des Einzelnen, des Menschen sein. Man sollte *verstehen*, nicht erst *lernen* müssen. Man sieht aber, dass dieser Respekt verloren geht. Man sagt die Dinge gar nicht mehr offen zueinander, nein, man ist so feige und bespricht sie hinter vorgehaltener Hand. Das ist das Schlimmste, die schlimmste Art, eine Meinung zu äußern. Immer den Gedanken zu haben, etwas falsch zu machen, was alle anderen *sehen* könnten, ist furchtbar. Das sind doch nicht *wir*. *Wir* sind so nicht.

In den letzten Monaten und Jahren hat sich die Welt verändert. Im Umgang mit Toleranz und Akzeptanz hat sie große Fortschritte gemacht. Die Menschen lernen, andere, wie auch immer sie sind, zu akzeptieren. Jedoch bleiben die schmutzigen Bilder, die jetzt längst verwischt sind, immer an mir kleben und stehen für etwas Schlechtes. Nicht, weil ich schlecht davon *denke*, sondern weil man es in Verbindung mit *mir* als schlecht erachtet. Diese Gedanken führen unter anderem dazu, sein Leben zu *hinterfragen*. Man wird dazu genötigt, sich andauernd fragen zu müssen, wer man sei, ob man so leben will, und wenn ja, warum.

In meinem Leben gab es nicht *immer* das Bild eines perfekten Mannes, den ich später einmal heiraten möchte. Es gab *immer* das Versprechen, dass ich ihn *bekommen* würde. Inzwischen weiß ich, dass es *nicht* so sein kann. Ich muss meinen Preis dafür geben, wie andere ihn vielleicht auch gegeben haben: meinen Preis für mein Leben, meinen Preis für meine Freiheit, meinen Preis für eine *bessere* Welt.

Ich bin glücklich darüber, dass es Menschen gibt, die sich an ihrer Existenz erfreuen und ihr Leben so leben, als sei es ihr *letztes*; als würden sie tanzend durch das Leben schreiten, mit ihren verhärteten Ellenbogen all jene wegstoßen, ganz versehentlich natürlich, die ihnen im Weg stehen und dadurch beliebt werden. Sie erscheinen auf jeder Party und sind ein gern gesehener Gast auf den Feierlichkeiten des Lebens, auf den Festen der Herzen jener, die aufgegeben haben. Vielleicht war *das* der Schlüssel: sich selbst zu lieben, indem man andere verachtet, indem man sich als *besser* darstellt, indem man denkt, man sei ein Gewinner. Aber das ist nur *ein* Preis; ein Preis von vielen, vielleicht ein viel genutzter, einfacher Preis, den ich sicher nicht bezahlen werde.

Mein Weg führt mich hinaus aus dieser Welt. Ich werde die Welt mit einem Lächeln vor dem Fenster verlassen. Und vielleicht werde ich *ihn* irgendwann kennenlernen. Vielleicht wird es auch eine *sie*, das weiß ich nicht. Dann wird derjenige auf mich zukommen und fragen, ob ich ihn heiraten will. Ich werde ›Nein‹ sagen.

Wenn man mich einmal, selbst wegen Lappalien meiner Stimme, gehasst hat, so verstehe ich nicht, warum man es jetzt *nicht* mehr tun sollte. Ich bin immer noch derselbe Mensch mit denselben Eigenschaften wie vorher. Ich habe dieselben Fehler, denselben Charakter. Man kann mich nun ruhig ins Jenseits verbannen, wenn ich sage, dass man mich nicht *(mehr)* verdient hat, nur weil die Menschen angefangen haben zu denken. Ich werde Weihnachten wieder *alleine* feiern und das finde ich gut. Nicht jeder kann das Glück haben, eine Schar von Menschen um sich zu haben, die sich Freunde nennen und im Hintergrund andere Dinge über einen erzählen. Ich werde mir meine Wohnung so einrichten, wie *ich* es mag. Mein Essen werde ich mir selbst kochen und am Abend die Geschenke auspacken, die ich mir selbst geschenkt habe. Vielleicht erscheint das traurig, aber das ist es nicht, das ist es bei Weitem nicht. Es ist *ein* Leben von sieben Milliarden dieser Welt und es wäre *nur zu schade*, wenn eine Träne dafür vergossen würde, obwohl wir doch alle an solch einer Situation schuld sind. Ich habe eben kein Talent dafür, *beliebt* zu sein. Damit stehe ich wohl nicht alleine.

Ebenso freue ich mich über meine Freunde, die die ich dann *wirklich* habe, dass sie *nicht* mein Schicksal ergreifen. Sie haben ihr eigenes, vielleicht ein besseres Leben. Darüber vermag ich nicht zu urteilen, das steht mir auch nicht zu. Sollte ich doch mit jemandem mein Schicksal tauschen, so würde ich das nicht aushalten. «

Ich klemme mir meine schwarzen Strähnen hinter mein Ohr, ziehe die Vorhänge zu und erfreue mich an den kalten Seelen, die mich in meiner Einsamkeit umgeben.

Der Alte

Sein Blick hält triumphierend nach oben
Er hat den Baum hochgezogen mit Loben
Der große Baum jedoch
in seinen Nadeln ein großes Loch

Der Alte nicht sieht das Loch
wäre es groß und größer noch!
Er nur beäugt den großen Baum
die vielen kleinen sieht er *kaum*

Die alte Frau

Die alte Frau
so sitzt sie da
Mit ihrer Meinung so grau
behält sie ihr Denken ganz starr

Selber sie weiß nicht
was sie tut
Sie ist das höchste Gericht
und geblendet vom Mut

Mut, der eventuell kein Mut
sondern ein *Armutszeugnis* ist
da sie sich nur ausgeruht
und die alte Flagge hisst

Einfach zu behalten
die Meinung, die alte
ohne sich richtig zu verhalten
und eine Ansicht in *Falten*

Die letzte Zigarette

Sie sitzt in ihrem Sessel
vor ihr: das kalte Bild
Sie fasst sich an ihre Kette
und raucht ihre letzte Zigarette

Sie sieht im Qualm
ihren toten Gatten
der zu ihr spricht:
» Komm zu mir in das Licht
und leide nicht. «

Die Frau, gerührt von den Worten
ergriffen von der Situation
folgt ihrem liebenden Mann
Die Kinder sieht sie wieder, irgendwann

Sie ist in seinen Armen
vom Qualm schon tief durchdrungen
Glücklich fasst sie an ihre Kette
und raucht ihre *letzte* Zigarette

Ein letzter Tanz

Langsam stand er vom alten Sessel auf, der nach der langen Zeit schon viel Staub eingefangen hatte, und schlich zum braunen Kasten. Der Sessel hatte eine hässliche Musterung. Mit diesen vielen kitschigen Blumen würde er eher seinen weiblichen Vorfahren gefallen als ihm selbst. Er *hasste* bunte Blumenmuster. Er hasste generell alles, was kitschig gewesen war; abstrakte Farbkombinationen, verzierte Schnörkeleien und niedliche Motive. Der Teppich, den sie sich aus Persien besorgt hatten und auf dem er nun schlurfte, war seit einigen Jahren schon nicht mehr gesäubert worden. Die brüchigen Knochen des alten Mannes machten einfach nicht mehr das, was er wollte.

Wie gerne hätte er sie auf seinen Armen getragen und mit ihr die Welt bereist. Wie gerne hätte er wieder auf der Wiese gelegen und mit ihr über die unerträgliche Leichtigkeit des Seins gesprochen.

Wie gerne würde er zurück in seine Erinnerungen gehen. Es schmerzte; sein Körper, seine Vergangenheit, *alles*. Es schien, als schmerzte alleine das *Leben* und der Gedanke daran. Ihm blieb nichts außer einem tristen Zimmer mit einem Sessel und Grammophon. Ihm blieben seine Erinnerungen an *bessere* Tage.

Während er sich erhoben hatte und dabei an seinen gekrümmten Rücken fasste, sich mühsam Schritt für Schritt fortbewegte, sah er immer öfter zurück zum Sessel. Er wollte nicht loslassen. Er wollte noch ein Zeichen sehen, etwas, nur eine ganz kleine Regung vielleicht, die ihn schlussendlich *doch* zurückhalten würde. Auch *wenn* der Sessel so hässlich war und er ihn anwiderte, so war dieser Sessel doch gleichzeitig verantwortlich für die schönsten Momente seines Lebens gewesen. Denn am Ende saßen sie beide, *er und sie*, Hand in Hand beisammen: *sie* mit ihrer Stricknadel und *er*, direkt daneben, der seine Augen nur auf sie gerichtet hatte.

Der starke Rauch, der in diesem ungelüfteten Zimmer zur Decke hinaufstieg, ließ den alten Mann husten. Es war kein krankes Husten, eher eins, an das er sich schon gewöhnt hatte. Er hustete immer ein wenig, wenn er aufstand. Das hatte er eben so an sich, dieser alte Mann. Als er sich eine der vielen Platten aus dem Regal nahm, um sie auf den Spieler zu legen, fasste er noch einmal über die schwarze Scheibe. Er spürte die Schrammen, anderen Zeiten, *Vergänglichkeit*. Es war in seinem Leben alles einfach nur *vorbeigegangen*, ohne, dass er es wirklich mitbekam. In Gedanken konnte er sein Leben in zehn Sekunden, wenn nicht sogar in wenigeren, zusammen-fassen. Er hatte Angst, alles zu vergessen: die schönen Momente, die traurigen. Er hatte Angst, *sie* zu verges-sen. *Sie* sollte immer in seinem Herzen bleiben. *Sie* sollte ihm immer über die Haare fassen und ihn stützen, wenn er nicht mehr konnte.

Er legte die schwarze Vinylplatte auf, richtete den Tonarm mit Nadel und als die Platte zu spielen begann, erklang wieder alles, was er als Gewohnheit in Erin-nerung behalten hatte. Vergänglichkeit stand im Raum. Verschleiß und Abrieb ertönten in diesem Moment wie-der in seiner Wohnung. Doch obwohl es so knisterte, die Schrammen einige ungewollte Pausen verursachten, war es doch schön gewesen. Lieblich verteilte sich die Musik im Zimmer, so, wie es immer gewesen war, so, wie an den vergangenen Tagen, so, als würde seine Frau noch leben. Die Wohnung füllte sich wieder mit Tönen und es schien, als sei es die *Musik*, die den Rauch vertrieben hatte. Die Musik durchstach alles, was ihm nicht mehr ganz klar gewesen war.

Er sah zurück zu seinem Sessel und zu seinem Tisch. Neben den vertrockneten Blumen in der längst vergilbten Vase lag eine Fernbedienung und eine ange-bissene Schokoladentafel. Der Tisch war so geblieben, wie er immer gewesen war. Er hatte sich nicht verändert, seitdem sie für immer von ihm gegangen war; die Frau, die ihn als einzige berührte. Sie war der Grund gewesen, weshalb er morgens zum Bäcker ging und mit einem Lächeln durch den Regen stapfte.

Dieser alte Mann war komisch; mit seinem Sessel, dem Grammophon und dem alten Beistelltisch, mit der Vase, den Blumen, der Decke, dem alten Buch und dem Bild von ihr. Das Bild war alt, sehr alt. Es war kein Bild, das man in einem Bilderbuch fand und anschließend mit: ›Oh, sieh mal!‹ entdecken würde. Nein, es war eher *unscheinbar;* unscheinbar für alle, die die Seite überblättern würden. Denn, auch wenn es keiner sehen konnte, so hatte *sie* dennoch ein unglaublich schönes Lächeln. Auch wenn sie immer in der letzten Reihe stand, *er* würde es immer wiedererkennen.

Das schwarz-weiße Bild blieb an seinem Platz und in seinem Herzen.

Die Musik spielte weiter und der alte Mann tanzte. Obwohl ihm sein Rücken schmerzte, obwohl seine Beine so träge waren, hatte er das Gefühl von Freiheit, als er sich bewegte. Er tanzte nicht allein: Vor ihm stand seine Frau, so schön, wie sie immer gewesen war; so schön mit ihrer Brille und den hochgesteckten Haaren; so schön, wie sie ihn anlächelte und ihm das Leben etwas leichter machte; so schön, als er versuchte, die Erinnerungen zurückzuholen. Doch er schaffte es nicht. Er konnte sie nicht aufrechterhalten. Langsam flossen Tränen. Seine Erinnerungen ließen ihn in andere Zeit gleiten. Er lächelte und weinte. Es waren Freudentränen, als sie vor ihm erschien. Sie beruhigte ihn und dennoch wusste er, dass es nur eine Illusion war. Sie war eine Einbildung gewesen.

Obwohl sie nichts sagte, hörte er auf, sich rhythmisch zu

bewegen und ging zum Fenster. Er riss die verdreckten Scheiben auf und ließ die frische Luft in seine Lungen strömen. Er ließ den Zigarettenrauch aus der Wohnung und setzte den Spieler auf Anfang. Danach eilte er zurück. Zuerst stieg er mit dem einen Bein aus dem Fenster und dann zog er das andere nach. Er betrachtete für eine Weile klischeehaft die Straße und sah zu den Bäumen unter seinen Füßen. Er sah zu den Menschen, die unter ihm entlangliefen. Die ganzen Autos sahen in dieser Höhe aus wie Spielzeuge, die er als Kind immer bekam. Er dachte an seine Frau und wie gerne er sie hatte. Er dachte daran, wie sehr er sie vermisste. Sie war viel zu früh gegangen. Viel zu früh hatte man sie ihm weggenommen. Das hatte ihr nicht zugestanden. Das hatte *er*, das hatten *beide* nicht verdient.

Als er an seine Frau dachte, erinnerte er sich an ihre strahlend blauen Augen, die ihm stets Hoffnung zeigten, wenn er ganz am Boden war. Nun schwebten seine Beine über denen, die unter ihm die Straße passierten. Die frische Luft durchzog seine Nase. Er sah noch einmal zurück. Er musste nochmal darüber nachdenken, ob er es wirklich tun sollte. Hätte sie es gewollt? Wie musste sie sich fühlen? Sie wäre nicht stolz auf ihn. Das wäre sie ganz und gar nicht. Er schloss die Augen und atmete tief ein. Ein Lächeln zierte seine Lippen. Während er sich seinen Plänen hingab, wünschte er sich, jemand hätte ihn aufgehalten.

Der Dreizehnte

In meinem Herz
ich betrauer heut' all jene
die überlebten diese Nacht mit Schmerz
Wie ich mich nach Freude sehne

Hört auf mit euren Reden
von Wegen, um zu schaffen
bessere Länder, neue Leben
immer mit denselben Waffen!

Das ist nicht der Lösung Kern
Das ist *schlecht*, das ist nicht *klug*
Wenn ihr zieht damit nach Ländern fern
dann ist's und bleibt's derselbe Trug

Stoppt die Wege
Stoppt die Hiebe
Stoppt die Schläge
Befreit die Liebe

Wie froh wir können sein:
In Frieden leben wir
Doch sind wir uns nur allzu fein
Wir wollen sie nicht haben hier

Hetzen wir nur gegen uns
und laufen wir auf Straßen
mit den lieben, alten Jungs
so sind es stets dieselben Maßen

Alte Maßen wir nicht *wollen*
Lieber an das Gute glauben!
›Achtsam sein‹ ist, was wir sollen
wenn sie uns're Werte rauben

Widerspruch

Dort stehen sie auf kalten Fliesen
mit ihrem Stolz und ihrer Gunst
und sind selbst dieselben Miesen
welche hassten sie mit dumpfer Brunst

Sie stehen und protzen
prahlen und zeigen
Sie gehen und trotzen
Was können sie *allen* beweisen?

So fühlen sie sich besser
besser als der Rest
Sie kommen dort mit einem Messer
was man sie verstecken lässt

Sie stehen vor dem Spiegel
mit dem Messer in der Hand
Stellen sich dar als *sehr* sensibel
und hetzen gegen Widerstand

Wenn der Wind die Menschen küsst

An Margerie B.,
meine Liebe

Wenn der Wind die Menschen küsst
du dich mit der Brise misst
und ihn allzu schnell vergisst …

Wenn er mit den lauen
Winden kommt, die Grauen
abzuwenden gar versucht
und so uns still besucht …

zaubert er uns viele
Tage, scheinbar Spiele
und macht uns dadurch frei
von derselben Narrerei

Er führt uns leise weg
von dem sorgenvollen Fleck
So befreit er uns und löst
die Gedanken. Er entblößt.

Dort, er geht dahin
und sucht sich den Beginn
Er sucht sich jemand'n Neuen
wovor wir uns nur scheuen

Wenn der Wind die Menschen küsst
Ach …
wenn ich's auch nur wüsst'

Das leere Paket

Die Familie Chevalier, eine reiche, lebte in angesehener Gegend mit großem Garten, großem Haus und großem Titel: ›Chevalier‹. Dieser Name stand für Anmut, Stolz und Grazie. Die Familie pflegte von sich zu sagen, sie seien zwar nicht die Besten, darüber dürfe man auch nicht urteilen, aber eine angesehene Ansammlung interessanter und vor allem *gutmütiger* Personen. Geliebt wurde diese Familie, oh, wie wurde sie das. Wie oft sah man die schönen Töchter Eveline, Allison, Lisann und Louise im Park spazieren gehen. Letztere, die jüngste, war wohl auch die, die die meiste Liebe ihres Vater geschenkt bekam. Das wohl meist beschützte und behütete Mädchen von Cecile und ihrem Mann Jules wuchs mit Dienern und Bediensteten in einer Villa am Stadtrand auf. Ihr Zimmer hatte sie am Ende eines langen, mit Gold-, Kristall- und Silberschmuck ausgestatteten, blauen Flures. Ihr Entrée war dem Osten zugewandt und empfing somit jeden Morgen die Sonne mit seinen unzähligen Fenstern und Scheiben. Wie oft sah man die kleine Louise zur rechten Zeit sitzend, stehend oder kniend den Sonnenaufgang betrachten. Oh, wie oft berührten die hellen Strahlen das kleine Kind.

Die anderen drei, Eveline, genannt Eve, Allison, genannt All und Lisann, genannt Li, hatten ebenso ihre Vorzimmer und ihre Farben. So besaß Eve das Gelb, Allison das Rot und Li, Li hatte das schöne Grün. Und ebenso, wie die Korridore und Gemächer unterschiedlich eingerichtet gewesen waren, so waren auch ihre Persönlichkeiten verschieden verteilt:

Eve, die Älteste, hatte selbstverständlich immer das Gespür dafür gehabt, auf alle ihren Blick zu richten und notfalls zur Stelle zu sein, sich liebevoll zu kümmern und die nassen Tränen heißer Wangen zu trocknen. Belesen, das, ja *das* sollte Eveline am besten beschreiben. Wie viele Bücher hatte sie in ihren zarten Fingern gehalten, wie viele Wörter hatte sie mit ihren blauen Augen verschlungen? Ihre schwarzen Haare, unter ihrem hellen Hut gerichtet, wirkten so kontrastreich wie die vier Mädchen zueinander.

Allison hingegen war mehr auf ihr Äußeres bedacht. Das war keine Schande für ihre Familie oder sie selbst; nein, nein, ganz und gar nicht! Dumm war sie sicherlich nicht, nur brauchte sie dann doch immer ein wenig länger im Bad als die anderen drei Mädchen zusammen. In ihrem roten Zimmer saß sie, vor allem abends bei Mondschein, an ihr Fenster gelehnt und beäugte Frau Luna, die mit Verständnis und Wärme zu ihr hinabsah. Wie der Mond sie beschützte, wie Allison sich ihm hingab.

Die dritte, und damit fast jüngste Tochter, war die gute Lisann gewesen. Ihr gehörte die Musik, die Noten mit ihren Punktierungen, die schwarzen und weißen Tasten des Spinetts und die langen Saiten der Laute. Häufig saß sie im großen Garten der Familie, spielte liebliche Töne, während ihre bezaubernde Stimme die Noten verfolgte. Sie sang für die Natur, die Blumen, die Fische im Teich und für die befreundeten Nachbarn. Sie sang auf Feiern für ihre Familie, für Freunde, aber vor allem für sich selbst.

Louise war das letzte Kind. Mehr Töchter konnte die Familie nicht haben, mehr brauchte sie nicht, um glücklich zu sein. Louise vollendete das Glück und erfüllte die Familie mit Stolz. Sie war zwar nicht die Schönste wie All oder die Klügste und Liebste wie Eve, aber sie war das Ensemble jeglicher Differenzen zwischen allen dreien. Louise setzte sich mit ihrem Verhalten von den anderen ab. Zwar gingen sie immer gemeinsam als Grüppchen in den Park, um dort zu flanieren, um ihre Schirme tanzen zu lassen. Doch Louise hatte immer etwas *anderes* im Kopf. Ihr Lebensziel war es gewesen, den Ärmeren und den Geächteten zu helfen, jenen Menschen, die es *nicht* so gut hatten wie sie selbst. Es stand außer Frage, dass die anderen auch geholfen hätten. Denn das hätten sie, würden sie sich für andere Menschen interessieren. Das taten sie aber nicht, was wohl der größte Unterschied der drei Mädchen zu Louise gewesen war.

Während also Eve in ihrer güldenen Bibliothek bei ihren gemusterten Büchern stand und sich nicht entscheiden konnte, welches Buch sie als nächstes lesen sollte, sich All im Zimmer daran probierte, ihr Lächeln zu verfeinern und Lisann im Garten musizierte, begab sich Louise in Orléans in den Park, auf die Straße, und verteilte ihr Essen an die Ärmeren; an die, die weniger Glück hatten. Sie wusste selbst: *Geld war nicht alles gewesen.* Aber sie konnte nicht leugnen, dass sie doch lieber in ihrer Villa wohnte als in einem schäbigen Hinterhof, in einem schäbigen Dreibettzimmer. Oh, wie oft stand die liebe Louise mit ihren schwarzen Haaren, zur Empirefrisur geflochten, und ihrem geputzten, einfachen Schmuck im Park. Wie oft zog sie ihre schönsten Kleider an, damit die Menschen etwas *Schönes* in ihrem Leben hatten, damit sie einen kleinen Hoffnungsschimmer sehen konnten, einen Hoffnungsschimmer für bessere Zeiten. Daher wurde Louise auch geschätzt; als spendable Persönlichkeit, aber nicht für ihren Charakter. Auch wurde sie von jungen schönen Männern geliebt und begehrt. Von einigen erhielt sie teure Geschenke. Das war das Leben von Louise, von Louise Chevalier.

›Chevalier‹: *der Name für Anmut, Stolz und Grazie*

Schließlich kam Heiligabend. Weihnachten stand vor der Tür. Der schlichte Salon im Hause Chevalier, der sich in der Rue Paul Gauguin an der Loiret befand, war mit dem teuersten Schmuck geziert, der zugleich der schönste gewesen war. Alles glänzte, alles funkelte. Das helle Zimmer erleuchtete in einem Glanz, den man sich nicht vorstellen konnte. Güldene Kugeln blitzten am Weihnachtsbaum, silbernes Lametta hing an den Wänden und die hellen Kerzen im Lüster strahlten eine ungeahnt ergreifende Wärme aus, die den Salon erst in den jetzigen verwandelte.

Und dann kamen die Pakete; von Freunden, von der Familie.

Sie alle bekamen welche, sie alle beschenkten sich. Sie alle trugen ein Lächeln im Gesicht, sie alle zeigten ihr Präsent. Und dann war da dieses eine Paket, adressiert an Louise; an die schöne Louise, an die hilfsbereite, gütige Louise. Vorsichtig entknotete sie das silberne Band, schnitt das schwarze Papier der Schachtel auf und erblickte einen leeren Inhalt. Es gab erstaunte, entsetzte und enttäuschte Gesichter. An diesem Tag und an allen restlichen der weihnachtlichen Zeit lag Louise immer jemand *anderem* im Arm, bis sie später, schlicht und einfach, auf die Straße ging und jedem zulächelte, als sei nichts geschehen, als sei sie dieselbe geblieben, als sei sie Louise Chevalier.

Die verlassene Stadt

Die Klänge der leeren Stadt
Die Farben des Lebens sind matt
Sie ist verlassen

die Stadt.
An den Bäumen hängt
kein einziges Blatt
Hinter den Fenstern

kein Leben
und doch wir stetig geben
ein verlassenes Kind

der verlassenen Stadt

Festival des Lichts
(Licht)

Das Helle im Herzen
ein Allround-Mittel gegen Schmerzen
gas Gute der Welt
das ein'n jeden zusammenhält

Es funkelt am Abend
damit es wohlhabend
strahlt am Tag
obwohl über es lag

der Schatten der Dunkelheit
die in die Welt weit
reicht, um zu nehmen
Tausende von Szenen!

Aber das ich nicht will
beschreiben das Festival
Ich lieber vom Thema raus
auf die Neuzeit hinaus

Überall verwendet
der eigentliche Nutzen *endet:*
Das Leben zu spüren
und nicht an Pessimismus zu rühren

Es gab einst Freude und Hoffnung
hat geholfen der Schöpfung
auf den nächsten Tag
Doch heute es mag

makaber klingen
wenn sich die Menschen *nicht* mehr
um das helle Lichtlein ringen
sondern selber sind der Herr

Festival des Lichts

Der Herr über Feuer und Licht!
Worum es ging, vergesst bloß nicht
Elektromüll und Neonlampen
sind doch nur einige instabile Rampen

für Erweiterungen des billigen Lichts
Geben muss man dafür nichts
Beleuchtet und bestrahlt
unser Leben ist bezahlt

Im billigen Einkaufsmarkt
für den kaputten Rechen, der nicht harkt
bemerken wir nicht
den *Sonnenuntergang*, wie er langsam *verblicht*

Das Glück des Herrn Mauréz

Spannung im Publikum

Der rote Vorhang ist so groß wie die goldene Oper selbst. Ein leises Klatschen, das immer lauter wird, füllt den vollen Saal. Alle Plätze waren schon vor Wochen ausverkauft. Es ist die Premiere des Herrn Mauréz, desjenigen Herrn, der wohl sein ganzes Leben lang an diesem Stück gesessen hatte. Es ist vielleicht das Stück über ihn selbst, über den geheimnisvollen Herrn aus der letzten Straße der Stadt.

Der Maestro klopft einmal, schaut stillschweigend auf sein Pult mit den Noten, ehe er schwungvoll seinen Taktstock nach oben zieht und eine gespannte Ruhe im Publikum entsteht. Er hat mit seinem Blick jegliches Geräusch verstummen lassen. Mauréz kann ich nicht erkennen. Ist er überhaupt anwesend? Sitzt er im Publikum? Das Orchester spielt passend zum Takt. Eine angenehme Musik umschlingt meinen Körper. Auch die anderen Gäste sind sichtlich berührt. Ich erspähe in der oberen Etage eine alte Frau mit ihren güldenen Operngläsern, die neugierig den Personen im Orchestergraben beim Musizieren zusieht. Mein Blick schweift zurück zur Bühne. Noch immer verdeckt der Vorhang die Kulisse. Langsam schließe ich meine Augen und lasse mich von den Klängen zurückbringen, zurück in das Jahr 1893.

Ich befinde mich auf einer großen Allee, die von unzähligen Linden gesäumt ist. ›Lindenstraße‹ ist hierfür wirklich ein passender Begriff. Meinen Schulranzen aus Leder, den mir Mutter erst vor zwei Jahren gekauft hatte, habe ich geputzt und gesäubert. Es ist schön, wieder in die Schule gehen zu können. Die langen, aufregenden Ferien waren zwar gut und schön, vor allem als ich mit Mutter und Vater nach Bad Belzig gefahren bin, jedoch, so bin ich der Meinung, ist die Schulbildung das höchste Maß aller Dinge. Ich schwelge in Erinnerungen und laufe die Straße immer geradeaus. Es ist der unendliche Weg in Richtung aufgehender Sonne.

149

Spätsommer 1893: Ich war gerade zehn Jahre alt geworden und für mich schien jeder Tag wie ein Geschenk. Ich brauchte nichts Besonderes, um fröhlich zu sein; keine neuen Schiffe, keine Zinnsoldaten und vor allem keine neuen Kleidungsstücke von Mutter. In meinem Kopf malte ich mir eine friedliche Welt aus, eine Welt mit Kaiser, eine Welt, in der das deutsche Kaiserreich sogar auf Afrika liegt, eine Welt mit dampfenden und rauchenden Eisenbahnen, eine Welt mit Automobilfahrzeugen, die hie und da über die Pflastersteine fuhren. Ich war damals vielleicht die Glückseligkeit selbst; vielleicht auch nur, weil ich nicht wusste, was ›Glück‹ bedeutet.

Trompeten hallen durch den gesamten Saal und die Pauken setzen ein. Es ist unglaublich, was mit Musik alles symbolisiert werden kann. Langsam aber sicher wird der rote Vorhang aufgezogen. Es wirkt, als würde die Musik im Takt zur Leinwand spielen. Es erscheint ein Mann am Schreibtisch, er beugt sich ziemlich weit vor. Viele Frauen und auch die älteren Herren setzen in diesem entscheidenden Moment ihre Brillen auf, um das Bühnenbild besser erkennen zu können. Ich sehe, wie der Mann etwas schreibt. Er hat einen blauen Pullover an oder täusche ich mich? Blonde, gelockte Haare und eine schwarze Brille! Das Licht fällt durch ein Fensterrequisit auf seinen alten Arbeitsplatz.

» Wir haben einen neuen Schularzt «, tuschelt es durch die Masse, als wir vor den verschlossenen Türen der Schule stehen. Direktor Altmann ist kurz davor, seine berühmte Rede zu halten, vor allem für die Neuanfänger, als mich Finn, ein guter Freund von mir, begrüßt. Er erzählt mir von seinen Ferien derart spannend, dass ich leider die Eröffnungsrede von unserem Schulleiter verpasse. Es klingelt. Unser Direktor schließt die knarrenden Türen auf und es beginnt zu regnen.

Es vergeht eine ganze Weile, bis ich den neuen Schularzt kennenlernen darf. Ich setze mich ordnungsgemäß auf die Liege, packe Jacke und Tasche beiseite. Ich schaue mich im Raum um. Bilder von Marx, Nitzsche und sogar Kant kann ich erkennen. Natürlich sind es noch viele mehr, viele, mit denen ich gar nichts anfangen kann. Es ist erstaunlich, dass ein Raum individuell gestaltet worden ist. Die anderen Ärzte hatten das nicht gemacht. Bei denen sah jedes Zimmer genauso aus wie die anderen: weiße Wände, grauer Boden.

Herr Mauréz kommt in den Raum und lächelt mich an, obwohl er mich nicht kennt. Vielleicht wollte er auch niemanden kennen, vielleicht wollte er glücklich sein, vielleicht wollte er nur seinen Frieden. Vielleicht war Herr Mauréz ein ganz anderer Mensch gewesen.

Die erste Begegnung und das erste Glück

Nun spielen die Flöten und die Geiger fangen an, laut zu streichen. Der Hauptdarsteller hält ein wundervolles Mädchen im Arm. Sie umarmen, küssen sich. Das Mädchen ist viel zu klein für ihn, sie trägt auch keine Brille. Soll es vielleicht eine Metapher sein? Was ist das dort im Hintergrund? Sind das Regenschirme? Ich täusche mich nicht. Sie hängen an der Wand, sind rot und schwarz. Eine Schreibschrift dekoriert den Raum. Die Verliebten setzen sich hin. Jemand bringt ihnen Getränke. Der Protagonist schießt ein paar Fotos, er schaut sie verliebt an. Einzelne Blitzlichter erleuchten. Er streichelt ihre Wange und eine Maus läuft vorbei. Die Musik verändert sich spürbar, sie wird noch harmonischer, als sie schon zuvor gewesen war. Sie halten die Hände. Die Bühne wird dunkler und plötzlich erscheinen Kerzen.

Ich kann mich noch genau an sie erinnern. Dieses Mädchen, diese Lippen, diese Haare, dieser Teint, dieser Name, dieses Glück; bis eines Tages die Liebe versank, das Ende der Beziehung. So ist das halt, die Sache mit der Liebe, die Sache mit dem Glück. Die Liebe versank, war abhanden gekommen und ist nicht wieder auferstanden. Er hat sie geliebt, sie war schon fast wie eine Trophäe. Er konnte nicht mehr ohne sie. Es war vielleicht ein Fehler. War es sein Fehler, sein Fehler, eine Trophäe zu besitzen? Sie hat das nicht gestört, immerhin wusste sie, dass sie jemand liebte. Vorwürfe würde sie sich nie machen.

Er zerreißt sich, unangenehm. Sie fällt hin, der Tisch knallt zu Boden. Er schreit in den Himmel. Etwas löst sich ab, ein

151

Schatten? Mauréz wirkt kleiner.

Das zweite Glück

Die Geigen streichen hohe Töne. Es tut in den Ohren weh. Augenblicklich spanne ich meinen gesamten Körper an. Der Protagonist hat sich geteilt! Er reißt seine Kleidung von der Haut, er reißt seinen gesamten Körper entzwei. Eine helle Seite und eine dunkle stehen nun im Raum, während die dritte, die echte, im Hintergrund auf die Knie geht und ihren Kopf in die Hände legt. Ende des ersten Aktes. Der Vorhang geht wieder hinunter.

Ein paar wenige Minuten vergehen, bis der rote Stoff wieder hochgezogen wird. Kleine Jungs in schwarz-weißer Uniform stehen auf der Bühne. Sie ist wahnsinnig, diese Kulisse. Die Gruppe hat einen braunen Bär auf der Brust und vor ihr steht ein alter Mann mit rotem Frack. Er hat dasselbe Emblem. Ich sehe es kurz von der Seite, bis er sich mit dem Rücken schräg zum Publikum stellt und dirigiert. Die Jungen singen, doch man hört keinen Ton. Sie schreien, sie wollen etwas sagen, doch es gelingt ihnen nicht. Nichts wird gehört, weil es vielleicht nicht gehört werden will. Plötzlich versinkt das Ensemble im Boden und ein neues Bühnenbild wird dekoriert. Die Jungen spielen eine Szene, ohne zu reden. Das Bild zerbricht, alle Jungs fallen um und der Protagonist kommt wieder auf die Bühne. Er zerreißt sich erneut, diesmal wird er deutlich kleiner. Er sitzt in der rechten Ecke und weint. Man könnte meinen, eine Walküre erscheine.

Mauréz befindet sich nun wieder an seinem Schreibtisch und führt einen Stift. Von beiden Seiten werden Texte durchgegeben, von oben fliegen einige hinunter. Ich greife mir ein Blatt und sehe es mir an: ein Gedicht; ein trauriges Gedicht und doch so real. Sentimentaler Realismus? Von Literatur hatte ich noch nie Ahnung gehabt.

Als ich älter wurde und den Krieg nur knapp überlebte, vor allem durch Mauréz als Stabsarzt, habe ich mich mit ihm unterhalten. Er sah betagter aus. Dann fiel mir auf, dass ich mich nie bei ihm bedankt habe. Ich lag sterbend im Graben und er kam mir zur Hilfe, mehrere

Male. Er erzählte mir auch, wie er den Franzosen half,
immer und immer wieder. Er schämte sich *nicht* dafür.
» Wir sind alle Menschen «, sagte er zum Schluss und
unverständlich verließ ich das Lokal.

Ende des zweiten Aktes

Ich kann mich noch gut an das Jahr 1898 erinnern. Es
war ein furchtbarer Winter. Mauréz saß in seinem Haus
und wärmte sich am Feuer, während meine Familie davon nur träumen konnte. Verbittert sah ich durch seine
beschlagenen Fenster direkt in sein Gesicht, aber nicht
in seine Seele. In mir kochte es vor Wut. Heute schäme
ich mich dafür, denn ich sah in diesem Moment wahr-
haftig Mauréz, doch ich verfolgte die Situation nicht
weiter. Erst als mir ein Bekannter erzählte, dass er und
seine gesamte Familie von Mauréz zu einem Festessen
eingeladen wurden, änderte ich meine Meinung. Er
erzählte mir auch, dass er Mauréz nie wieder gesehen
habe.

Die zweite Begegnung, das Glück der anderen

*Die Bleche erklingen und erneut zieht sich alles in mir zusammen.
Ein großer, kräftig gebauter Mann betritt die Bühne. Er zückt seine
Hand und schlägt Mauréz; immer und immer wieder. Mauréz ist
unbeschreiblich klein. Die neuen Bühneneffekte machen so viel
Undurchschaubares! Er schlägt ihn immer weiter. Mauréz steht
erträgt es. Er wehrt sich nicht. Er lässt alles geschehen, ohne einmal die Hand zu ergreifen und diese umzulenken. Im Hintergrund
steht eine Frau, eine ältere Dame vielleicht. Sie schreit, Mauréz
lässt sie wegschicken. Der schlagende Mann geht von der Bühne.
Die Frau kippt um und wird von einigen Menschen, die plötzlich
auf der Bühne stehen, weggerollt. Mauréz rennt zu ihr. Er kann
nichts mehr für sie tun.*

*Mauréz zerreißt sich erneut, er ist nun noch kleiner gewor-
den. Er sitzt und weint; kürzer als zuvor. Es muss ihm unbeschreiblich wehtun.*

Das dritte Glück

*Mauréz kauert auf dem Boden. Er schweigt. Er kann sich kaum
bewegen. Sein schwerer Kopf schafft es nicht, sich von der platten
Hand, auf der er liegt, zu befreien. Mauréz sieht dreckig aus. Er
ist in Lumpen gehüllt.*

*Plötzlich kommt wieder ein Mädchen; sympathisch, groß,
passend. Sie hält ihn, stützt seine gebrechlichen Arme. Er lässt sich
ohne zu zögern darauf ein. Wie macht er das nur? Mauréz ist
zwar gebrechlicher, aber er vertraut ihr. Sie gehen Schritte. Sie
sitzen in der einen Ecke, erzählen in der Mitte der Bühne, kochen
am anderen Ende und umarmen sich am vorderen linken Rand.
Die rechte Begrenzung kommt ein Stückchen näher. Eine neue Person betritt die Bühne: gut gebaut, sieht arisch aus. Blonde Haare,
stählerner Körper! Ohne zu zögern, lässt sie Mauréz los. Er fällt
hin und sieht ihr nach. Zum ersten Mal im gesamten Stück hört
man seine Worte: » Viel Glück. « Er meint es ehrlich. Mauréz liegt
wieder am Boden. Sein Körper teilt sich ein letztes Mal. Das graue
Abbild verschwindet im Nebel der Bühne. Die bunten Häuser zerfallen. Mauréz gibt es nicht mehr.*

Das vierte Glück

*Der letzte Akt beginnt. Der Vorhang wird heruntergelassen, der
Maestro schüttelt seine Arme aus. Die Bläser wischen sich über
ihre hitzige Stirn, die Geiger und Saitenspieler entkrampfen ihre
Hände. Es scheint, als würde nun das Grand Finale geschehen.
Alle Spieler waren durchgängig angespannt, doch jetzt verfliegt ihre
Anspannung.*

*Der Vorhang öffnet sich ein letztes Mal. Ein letztes Mal
erklingen die Instrumente. Ein letztes Mal zückt das Publikum
seine Gläser. Ein letztes Mal steht Mauréz in voller Größe auf der
Bühne. Gedanklich erhebt sich meine Stimme. Sie will schreien und
vom Platz aufspringen. » Was soll das? «, rufen meine Unsicherheit und Unverständnis gleichzeitig. Doch ich bleibe sitzen. Ich
warte.*

Unangenehme Stille

Seine Freundin betritt die Bühne. Sie geht langsam mit einem Mann an ihrer Seite auf die rechte Hälfte. Moment! Ist das nicht der Mann von der Frau, die Mauréz auf die Beine geholfen hatte? Sie küssen sich, ohne zu zucken. In der Mitte ist Mauréz. Er lächelt. Er behält seine Ehre. Ich würde schreien.

Der großgebaute Mann, der ihn einst schlug, ist älter, ein Greis. Er humpelt und setzt sich an Mauréz' Seite. Mauréz füttert ihn und streichelt seinen Kopf. Wieder lächelt er. Ich würde ihn ignorieren. Er hat ihm Unsagbares angetan! Ich würde sogar selbiges mit dem Greis machen.

Nun, als letztes, betritt die Frau die Bühne, die sich am meisten schämen müsste. Sie half ihm auf die Beine und ließ ihn fallen. Sie kommt näher. Sie verdreht ihren Kopf, schüttelt die Hand und geht weiter. Ein kleines Lächeln ihrer perfekten Lippen erkennt man. Mauréz lächelt immer noch. Er ist glücklich. Sie umarmt nun einen fremden Mann. Mauréz hat sie vergessen.

Alle Schauspieler kommen nach vorne. Sie verbeugen sich. Das Publikum klatscht. Die erste Reihe applaudiert, die zweite, die dritte. Die Menschen jeglicher Gesellschaftsstände klatschen. Es gibt keine Ausnahme. Nur ich bin es, der das alles noch nicht fassen kann. Anstatt zu applaudieren, bleibe ich stillschweigend sitzen. Dann renne ich hinaus, dränge mich unsanft mit Hut und Schal an den Zuschauern vorbei, die roten Sitze knallen nach oben und ich renne aus der Oper. » Mauréz! «, schreie ich laut. Ich habe so viele Fragen. Ich kann das nicht akzeptieren.

Ich stehe auf der Straße und vor mir wird Mauréz von Offizieren der Geheimen Staatspolizei in einen Wagen gezerrt. Der alte Mann wehrt sich nicht.

Die letzte Begegnung, keine Musik

Ende des dritten Aktes

Vom Wind, den der Wagen von sich gibt, weht mein

Hut davon und ich laufe ihm hinterher. Er bringt mich zur Ecke der Oper. Dort liegt ein schmutziger Zettel und ich hebe ihn auf. Während ich den Schriftstück lese, verstehe ich endlich das Opernstück.

» Bist du jetzt glücklich? «

Das Vermissen

Wenn ich bin weg
dann suche den Zweck
warum ich ging
Welchen Gedanken ich fing

willst du wissen?
Ich werde dich missen!
Was wird halten?
Und was wird uns spalten?

Werde ich genießen?
Werde ich mich sehnen?
Was wird mich lassen fließen
diese letzten Tränen?

Schade nur
dass ich nicht im Schwur
nicht mal in unsrer Nähe
in deinen Gedanken stehe

So hab ich doch ein bisschen Neid:
Das Vermissen beruht auf *Einseitigkeit*
Du lebst in deiner Herrlichkeit
und ich in meinem Traum

Lieg' ich im Verschwinden
wirst du nur den *deinen* finden
Meine Gedanken *verspielt*
Mein Herz gezielt

verschenkt

Graue Welt

Graue Städte
graue Welt
Gelenkte Räte
verkommener Held

Graue Straßen
grauer Weg
Leben nach Maßen
Stürzen des Stegs

in das Meer
der Gleichheit

Grüne Wiesen, bunte Blumen
wir nicht kennen
Wir sind geprägt von den miesen
Leuten, die hemmen

die Welt zu entdecken
und auszumalen
Was wollen sie verstecken?

Wir dennoch strahlen…

Mehr als nur Wörter

Sie nahm seine Gedanken
und entfernte die Schranken
So *sah* er sie nicht
Die Liebe, sie war ewiglich

Betäubt von der Welt
nicht, dass sie fällt:
der Kuss und sie
Vielleicht endet diese Liebe nie?

Sie war der Effekt
ein Schmetterling, Respekt!
War sie doch sein Glück
Er ging nie mehr zurück

Plötzlich sitzen beide
ihre Hand in seine
auf dem wiegenden Band
nun, da sie es verstand

Sie starrt auf das Licht
und er ihr ins Gesicht
Der Moment scheint zu verblassen
wenn sich ihre Münder fassen

Sie sehen sich an
ihre Lippen beisammen
Die Liebe durchflutet die Körper
Es sind mehr als nur Wörter

Nudeln mit Basilikum

» Wer sagt: hier herrscht Freiheit, der lügt, denn Freiheit herrscht nicht. «

– Erich Fried

Das letzte Haus der Via di Vingone in Florenz beherbergte gute Zutaten, eine exzellente Küche und einen sagenumwobenen Mann Mitte fünfzig. Während das Haus mit seiner scheinbar orangefarbenen Einseitigkeit *perfekt* in diese Straße passte, als stände es schon Ewigkeiten dort, war der Bewohner genau jenes 08/15-Hauses eine Ansammlung fantastischer Erzählungen, wundersamer Träume und vor allem: herrlicher Rezepte. Wenn du dir jetzt also bitte vorstellen würdest, wie du vor diesem letzten Hause stehst, so wirst du eine Vielzahl unzähliger grüner, hoher und kleiner Zypressen erkennen, die auf Hügeln ehemaliger Wein- und Olivenberge stehen. Ganz in der Nähe gibt es diesen typischen Holzmaschendrahtzaun, der, *wie immer,* schon langsam kaputt geht und durch den Lauf der Zeit allmählich zu verschwinden scheint.

Komm bloß nicht in Verlegenheit, die Augen zu schließen, während ich dir diese kleine Geschichte erzähle. Lass dich von deinen eigenen Fantasien leiten. Lass dich von ihnen lenken.

Aus dem italienischen Haus tritt ein in die Jahre gekommener, bäuchiger Mann heraus. Er trägt ein gestreiftes Hemd und seine Haut erfreute sich scheinbar jahrelang strahlender Sonnenwärme. Es wirkt interessanter, als solch eine Begegnung eigentlich ist.

Während wir dem Mann mit den schwarzen Haaren, welche sich allmählich grau verfärben, hinterherlaufen, bemerken wir die rustikale Straße und den Blick auf die Innenstadt. Auch ein Nachbar begrüßt uns, leider verstehen wir kein italienisch und schenken ihm nur ein freundliches Lächeln. Der Nachbar geht mit einem freudigem Gesicht. Er lässt uns in einer angenehmen Situation zurück.

Der Mann mit den grauen Haaren, der im Übrigen Marco heißt, zupft an einer Pflanze und nimmt sich zehn Blätter mit. Wie sich später herausstellt, handelt es sich um ein allzu bekanntes Gewürz mit dem Namen Basilikum. Wir gehen denselben Weg zurück und blicken wieder auf die Stadt, die sich langsam in das warme Rot der untergehenden Sonne hüllt. Es scheint, als würde der Tag nur langsam vergehen; hier in Florenz, hier im Stadtteil Broncigliano, hier in der Toskana. Es scheint, als würden die Menschen, die an diesem Ort leben, *zufriedener* sein. Sie wären glücklicher, obwohl alles um ein Vielfaches einfacher war. Sie hatten nichts, was der *Zivilisation* wichtig erschien und waren dennoch, wie soll man sagen, erfüllter gewesen.

Deine Zivilisation könnte hier gar nicht überleben.

Am Ende des Tages sehen wir uns am rustikalen Eichenholztisch sitzen. Er ist sehr alt, mit Schnörkeln und schönen Schnitzereien verziert. Es ist genau *der* Tisch, den du dir in diesem Moment vorstellst. Es ist genau *die* Atmosphäre, die man sich in dieser Situation erträumt. Und es ist genau *die* Frage, die dir auf der Zunge brennt: Was tust du hier? Bist du nur hergekommen, um Nudeln mit Basilikum zu essen?

Das wäre doch etwas makaber oder nicht?

Der Mann und du haben noch gar nicht miteinander gesprochen, fällt dir auf, als du durch die Küche blickst und dein Teller leer ist. Es waren die besten Nudeln, die du jemals gegessen hattest, doch noch nie in deinem Leben hörtest du etwas von *Nudeln mit Basilikum*. Hättest du dir überhaupt ein solch gutes Essen vorstellen können? Wärst du mit derselben Überraschung an das Es-

sen herangetreten, wenn du nur Schlechtes darüber gehört hättest? Und vor allem: hättest du denselben Geschmack gespürt wie jetzt?

Der Mann beginnt das Gespräch ganz locker,
begrüßt dich und fragt, wie du heißt. Ihr unterhaltet
euch und allmählich beginnst du, dich dafür zu interessieren, warum dieser Mann Nudeln mit Basilikum
isst. Warum wohnt dieser Mann in der Toskana? Was ist
sein Geheimnis und wann verrät er es uns?

» Es stehen zu viele ›Warum‹-Fragen im Raum, als
sie alle beantworten zu können «, sagt er gelassen und
lächelt ein bisschen, während sich um seinen Mund und
um seine Augen einige Falten bilden. Er ist dir sympathisch. » Aber lass mich dir eine Geschichte erzählen «,
beginnt er nach einer Weile und guckt dir tief in die
Augen, als würde er aus deiner Seele lesen. » Es war
einmal ein kleiner Junge aus einem fremden Land.
Eigentlich ist es gleichgültig, zu wissen, von wo er genau
herkam, aber ich weiß, du willst es wissen. Haptikos war
der Name der Insel, von der er stammte. Sie liegt irgendwo im *Nordatlantik.* « Er schwenkt sein Weinglas.
» Jedenfalls war dieser Staat sehr fortgeschritten, viel
mehr als hier in Florenz. Sie entwickelten unvorstellbare
Geräte, wie zum Beispiel ein Auto, das mit destilliertem
Wasser fahren konnte. Sie waren auch imstande, ein
Perpetuum mobile zu bauen! In Blasen bist du über den
Dächern der Häuser dahingeschwebt; eine verrückte
und vor allem *nasse* Idee. Aber kommen wir zurück zum
relevanten Ereignis! Die Insel war nun eben auf einem
hoch entwickeltem Niveau und der Junge hatte sehr viel
Freude dort gehabt, die Menschen waren auch alle sehr
nett. Straftaten konnten auf ein Minimum reduziert
werden und es schien, als lebe man nun in einem *voll-
kommenem* Land. Eines Tages jedoch gab es ein Gesetz,
das die Leute plötzlich allesamt befolgten, ohne darüber
nachzudenken, als wären sie Roboter geworden, als
wären sie jene Maschinen geworden, die sie damals im
Café bedienten. Eigentlich wäre es nicht wert gewesen,

darüber zu reden, doch der Junge wusste, dort, wo die Freiheit eingeschränkt wird, dort wird sie begraben. Sie rannten jedem Gesetz hinterher, das folgte und trauten sich nicht, sie *selbst* zu sein. Sie waren allesamt dieselben langweiligen Menschen mit demselben Geschmack und Ideal geworden. Der Junge floh wenige Jahre später. Er ging nach Übersee, zog zu seiner Tante und lebte im Land der guten Geschmäcker, guten Rezepte und vor allem im Land der guten Zutaten. «

» Was war das für ein sinnloses Gesetz? «, hakst du nach und philosophierst über deine eigene Situation. Warst du anders?

» Die Menschen durften plötzlich keine Nudeln mit Basilikum mehr essen «, lachte er. Die Antwort verwundert dich nicht, doch genau *deshalb* bist du überrascht.

» Was ist danach passiert? «

» Immer mehr Gesetze kamen und wurden verabschiedet. Irgendwann mussten alle dieselben Sachen tragen, tja. Später wurde das Land in einem Bürgerkrieg vernichtet. Ich weiß nicht, was dort jetzt ist. Vielleicht brennen die Häuser noch immer. Vielleicht sind die Menschen aber auch endlich aufgewacht. «

» Sie haben alles aufgegeben, nur um dieses Gericht zu essen? «, fragst du, als seist du ein Reporter. Du wirkst etwas skeptisch.

» Lass es mich so formulieren: Ich habe das Land verlassen, damit ich ›ich selbst‹ sein kann. Einige hätten es vielleicht nicht getan. Es kommt auch nur darauf an, wie wichtig man sich selbst ist. «

Du lächelst.

Die leere Tasse

Die Tasse
so leer. Wie ich es hasse
Ob ich sie füllen lasse?

Von deinen Worten
soll sie sich tragen über den Orten
Auch wenn ich will andere Sorten?

Die leere Tasse
ich nicht füllen lasse

Ein Gedicht

Ein Gedicht
man mag es glauben oder nicht
aus kleinen Wörtern es besteht
Eins, das einem nicht mehr aus dem Kopfe geht

sollte *Tragik* haben
ein, zwei Raben
und auch einen *Wendepunkt*
sowie einen, der dazwischenfunkt!

Das perfekte Gedicht
man mag es glauben oder nicht
folgt jetzt *hier*
Lernen sollt ihr! Lernt von mir!

Das perfekte Gedicht
magst du es glauben oder nicht
ist es dieses hier?
Oder eins mit Strophen vier?

Solltest du denken
und dich in Definitionen renken
nun füg hinzu in deine Übersicht:
Das perfekte Gedicht gibt es nicht

Querdenker

Es sind die Menschen
die haben viel zu kämpfen
Mit ihrer Einstellung
haben sie so manche Prellung

schon erlebt
und sind dennoch bestrebt
Ihrer Meinung bewusst
passt nicht in so manchen Gedankenfluss

Es sind Menschen wie du und ich!
Nur sind sie doch … *einzigartig!*
Mit ihrem Standpunkt so fest
trotzen sie gegen den Rest

Doch bitte
geh mit sanften Schritten
wenn du meinst, zu urteilen
ohne in deren Gedanken zu verweilen!

Wenn du ohne sie redest
mit deiner guten Meinung gar wedelst
bist am Ende auch du
ein wundervoller Querdenker im Nu

Wundervolle Weihnachtszeit

Die Glocken klingen
Die Türen ringen
Die Weihnachtszeit ist angebrochen
Vor kurzem war'n es noch paar Wochen!

Die Menschen stürmen!
Aus den Geschäften türmen
sich große Geschenke meilenweit
Diese Leute tun mir leid

Was haben sie uns nur angetan?
Das Weihnachtsfest ist momentan
gelinde gemeint: mir nicht allzu recht
besser gesagt: *Es ist sehr schlecht*

Die Freude geht kaputt
durch den Verkauf der Industrien Schutt
Bereits im August liegen sie da:
die *Lebkuchenherzen*, wie wunderbar

Doch mal angenommen
die Leute wären klargekommen
hätte man sie damals nicht
zwingend mitgenommen

auf den Zweig
der Kauflustigkeit
Wäre das Weihnachten nicht so verkommen
wären wir vielleicht *besonnen*

auf die wahren Dinge im Leben
auf die es gilt, Rücksicht zu nehmen
dass wir einander *haben*
und uns nicht an Gänsebraten laben

Wundervolle Weihnachtszeit

Wilde Kinder entpacken
ohne einmal anzugucken
die Geschenke der hohen Arbeiterklasse
und hassen ihre Eltern:
Sie bekamen nur 'ne olle Tasse

die sie nicht gewünscht
was die Eltern hatten sich erwünscht
Der Schmerz sitzt sichtlich tief
Jawohl, der Haussegen hängt schief

Durch ein Geschenk, das die Kinder nicht bekam'
wirkt das Weihnachtsfest ganz *unwirksam*
Und so schreibe ich dir
Heiliger Geist, was wichtig ist mir:

» Menschen sollen sich freuen
an der Liebe, der neuen
Weihnachten mal *richtig* erleben
nicht wie es ist, *so … vorgegeben*

Nicht durch die Präsente
sondern für die *schönen* Momente
Für jene, die es, wie zu jedem Jahr
richtig feiern. Das ist wohl klar!

So sind sie nicht befangen
sitzen Hand in Hand beisammen
entzünden die Kerzen
und haben es im Herzen

Die grüne Tanne
mit der hellen Flamme
zeigt die Besinnlichkeit
um die ich dich beneid'

Oh, Heiliger Geist
ich danke dir, dass du mich befreist

dass du mir beigebracht
wie man es *richtig* macht:
Weihnachten zu lieben
deshalb hab' ich dir geschrieben «

Sieben weiße Tauben

Sieben schwarze Raben krähen immer dieselbe Melodie. Sie krähen und krähen, als wenn es nichts auf dieser schwarzen Erde gäbe, das wichtiger wäre, als zu krähen. Das Krähen geht den ganzen Tag, bis sie sich entschließen, schlafen zu gehen und am nächsten Tag wieder zu krähen. Sie krähen auch dann immer dieselben Töne, wenn es regnet. Sie krähen dieselben Töne, wenn es schneit und friert. Auch krähen sie dieselben Töne, wenn ihnen die Sonne auf den Buckel scheint und sie baden gehen könnten. Aber die Krähen, sie krähen.

Außer Acht die Krähe, die auf dem Baumwipfel sitzt.

Sieben schwarze Katzen kratzen in der Nacht an den Fenstern und jagen Mäuse, bis sie nichts mehr essen können. Doch auch wenn sie nichts mehr essen können, jagen die sieben schwarzen Katzen in der Nacht dieselben weißen Mäuse, die sie sich ausgesucht haben. Die Mäuse haben sich die Katzen *nicht* ausgesucht. Es ist ihr Schicksal in diesen Zeiten. Sieben schwarze Katzen jagen auch in der Scheune den weißen Mäusen hinterher. Sie jagen die weißen Mäuse nicht nur auf dem Bauernhof. Es ist ihnen gleich, ob sie auch woanders jagen. Hauptsache sie jagen, bis sie selbst gejagt werden. Die sieben schwarzen Katzen jagen, auch wenn sie kein Hunger plagt.

Außer Acht die Katze, die mit dem Faden spielt.

Sieben schwarze Käfer rollen stundenlang denselben Dreck vom Baum zum Berg. Der Baum, den stört das nicht und der Berg ist von der Erdung erfreut. Die sieben schwarzen Käfer rollen den Dreck aber über das grüne Gras. Das Gras mag das nicht. Die schwarzen Käfer machen weiter, denn der Baum, der findet die

Erdung toll und so ist es auch beim Berg. Sieben schwarze Käfer rollen Dreckklumpen vom Baum zum Berg.

Außer Acht der Käfer, der die Erde wegbringt.

Sieben schwarze Schweine fressen jeden Tag denselben Fraß. Sieben schwarze Schweine fressen und fressen, ohne dass es sie stört und sie über das *Morgen* denken. Sieben schwarzen Schweine fressen alles, egal, was du ihnen gibst. Die sieben schwarzen Schweine wollen nur fressen. Sie wollen nur dicker werden, egal, was sie fressen. Auch würden sie ihre eigenen Kameraden fressen. Auch würden sie ihren eigenen Abfall fressen.

Außer Acht das Schwein, das von der Mutter gesäugt wird.

Sieben schwarze Menschen pusten Dreck in die Welt. Sieben schwarze Menschen pusten Dreck, den sie selber atmen, in die Atmosphäre. Sie pusten den Dreck, als wäre es ihnen egal, was mit den anderen geschieht; als wäre es ihnen egal, was sie tun und wie sie handeln. Die sieben schwarzen Menschen sitzen am Tisch und spielen Karten, während sie den Dreck einatmen. Sieben schwarze Menschen glotzen in ihre Bildröhren und sehen die anderen Menschen atmen. Sieben schwarze Menschen wollen die Welt verändern.

Außer Acht der Mensch, der ganz oben sitzt.

Sieben weiße Tauben fliegen in die Welt und erleuchten sie. Sieben weiße Tauben setzen sich auf die Köpfe und leiten die Welt *richtig*. Sieben weiße Tauben warten ab, bevor sie handeln. Sieben weiße Tauben wissen, was sie tun. Sieben weiße Tauben suchen sich kein Ziel. Sieben weiße Tauben machen sich die Welt zu Nutze und formen sich eins.

Außer Acht die Taube, die wir sterben lassen.

31. Januar 2015

Dunkle Welt

Eine dunkle Welt
und sie allen gefällt
Schönheit wird zum Ideal
gleiche Formen ganz normal

Es ist schön, im Takt zu schwingen
und mit allen and'ren gleich zu klingen
Man strebt nach Perfekten
und sucht nach geschickten

Partnern mit selbem Gesicht
Übrig bleiben die Schönen nicht

Eine verachtende Welt
und sie uns allen gefällt

Länderreise

Wie ein Schleier setzen sich die Farben
auf die Bäume mit den Raben
Die Felder sich in Gold umhüllen
die Straßen sich mit Blättern füllen

Wie schnell ich durch die Länder reise
verliert mein Blick sich auf die neue Weise
Nebel, Flüsse, Zweige, Regen
scheint mir dort ein wahrer Segen

Leider schon so schnell vorbei
Hört von dieser Jammerei!
Heiße Tränen sich nach *mehr* ersehnen
heiße Tränen wollen *mehr* erwähnen

Kalte Winde, kalte Liebe?
Kalte Fenster, kalte Kriege?
Warme Küsse, warme Hände!
Warme Herzen, warme Bände!

Der Herbst, er zieht entlang
So reißt er mich mit seinem Gang
Wie reißt er mich mit seinen Winden!
Wie schnell wird er entschwinden?

Wozu die Liebe

Warum brauch' ich die Liebe?
So sind es nur Hiebe
die mich finden
und an Schmerzen binden

Wofür brauch' ich die Tränen?
Warum soll ich mich später schämen
wenn ich dann erzähl'
wie ich meine Liebe wähl'?

Haben wir nicht *mehr* im Kopf
mehr in unserem schlauen Schopf?
Haben wir nicht viel zu bessern
mehr zu bessern als sonst?

Es kann doch nicht das Ziel
eines *jeden* sein
mitzumachen bei dem Spiel
alles zu machen so fein

alles zu machen wie die andern:
Über alle Wege zu wandern
was sie uns kleinkariert vorleben
So ist es nicht eben

mein *Sinn*
für den richtigen Beginn
für ein richtiges Leben
für mein richtiges Streben

Ich brauche etwas *anderes*
etwas sichtlich *besseres*
um zu geben meinem Leben
ein erfüllteres *Beben*

Das gespielte Leben

Der letzte Akt der Szenerie begann damit, dass die Scheinwerfer, die das bis eben noch so hell erleuchtete Plateau bestrahlten, in eine mystische Dunkelheit reguliert wurden, die Bühnenbilder sich zu einen Kreis arrangierten und eine Art griechisches Theater bildeten. Der rote Vorhang, zur Seite geschoben, ließ die Bühne offen wirken. Eine unangenehme Leere, die das Publikum einnahm, folgte. Anders als die restlichen Auftritte vereinte diese Szenerie eine gereizte Kälte in sich; als hätte eine unbekannte mächtige Person, eine, die über uns allen zu stehen schien, sämtliches Glück, sämtliche Freude, sämtliche Farbe aus unseren Fantasien und Wünschen genommen. Sie hätte uns in einer Welt aus Furcht, Hass und Elend zurückgelassen, der wir nicht entfliehen konnten.

In diesem Augenblick schien das Stück kontrastreich zu werden. Nun verkörperte es schwarz-weiß, gut gegen böse, einen Kampf zweier Welten. Bis zum Beginn dieser monumentalen Szene war die Vorführung eine *leichte* Handlung gewesen, fast vermutete das Publikum eine Komödie. Doch nun änderte sich *alles*. Ein ganzes Theaterstück, eine ganze Rolle, ein ganzes Leben änderte sich mit einem Schlag, mit einer Szene, mit neuem Bühnenbild, mit anderen Requisiten. Es fühlte sich an, als würde dieser Auftritt, diese kommende Handlung, das Publikum verändern; als würde sie die Menschen zu anderen Leuten machen und ihr ganzes Verhalten, ihr ›ich sein‹, unwiderruflich verändern.

Das Publikum hatte Angst; keine Angst vor der kommenden Szene, ihren zitternden Herzen, ihrer Luftnot oder der furchtbaren Stille, nein, sie hatten Angst vor sich selbst, vor der Konfrontation mit ihrem ›ich‹. Sie hatten vor allem davor Angst, sich mit der kommenden Person zu identifizieren. Es war gewiss, dass die ersten Menschen im Saal das Stück vorzeitig verlassen würden.

Der Orchestergraben wurde deutlich leiser, als eine Person lächelnd den Raum betrat. Es schien, als sei *sie* es, die diese bittere Atmosphäre erschaffen hatte. Mit einem verachtenden Blick trat der Mann in die Mitte der nun wenig ausgeschmückten Bühne, zündete sich geschmackvoll und ohne großes Gerede eine Zigarette an. Nach allen Regeln der Kunst führte er sie zu Munde und steckte seine rechte Hand in die Sakkohose, während er seinen Zigarettenrauch ins Publikum blies. Er handelte, als würde er keine Regeln kennen; selbst wenn sie ihm bekannt gewesen wären, er würde sie mit Sicherheit nach allen Maßstäben verletzen wollen.

Ein Faktum war unbestreitbar gewesen: ganz gleich, wie lange die bunten, fantasievollen und fröhlichen Szenen vor dieser sich gerade abspielenden Handlung gezeigt worden wären, sie hätten die jetzige nicht übermalen können. Egal, was vor dieser Szene auf welche Weise auch immer wie aufgeführt worden wäre, das, was gerade geschah, ließ die Zusehenden nie wieder los. Es schien zu großartig, zu abgerundet, um wirklich wahr zu sein. Diese Auftritte voller Lebensfreude und Glückseligkeit wirkten an diesem Punkt der Vorstellung nur noch wie Dreck. Sie schienen wie eine Lüge, wie etwas, das nicht hätte existieren dürfen. Es war alles unreal geworden. Dieser eine Moment hatte alles verändert.

Während das Publikum dem Mann zuhörte, blickten die Leute hinter seine Kulisse. Es war die einzig wahre Illusion in diesem Stück. Sie blickten hinter sein Talent, hinter seine Gabe, die perfekte Maske aus Täuschung und Selbstakzeptanz zu präsentieren. Das Interessante an ihm war jedoch, dass er nur zwei mickrige und zur Verachtung verurteilte Sätze sprach. Er sagte, wie er hieß und er sagte, wie hässlich er war. Danach stand er nur auf der Bühne, um seinen Zigarettenqualm den Leuten ins Gesicht zu blasen. Das war mittlerweile der Grund seiner Existenz geworden: er stand auf der Büh-

ne, sprach kein einziges Wort, aber pustete seinen ver-
derblichen Rauch mit solcher Kraft ins Publikum, dass
die Menschen vor ihm erzitterten. Sie zerbrachen wie
ein Spiegel in tausende Stücke, wie ein Glas in tausende
Scherben. Sie zerbrachen in ihre *Einzelteile*.

*Einst hatte er sich geschworen, dass er niemals rauchen werde. Nun
tat er es und fühlte sich gut dabei; gut dabei, andere zu erniedrigen,
um sich selbst besser zu fühlen, ein trauriger Vorsatz. Aber das war
er. Das war der Protagonist, er war der Protagonist, niemand anderes: ein herzloses Arschloch, das es nicht anders verdient hatte.*

Er ließ sich ihre Wörter auf der Zunge zergehen, nahm
sie in sich auf und verschlang sie. Während er darüber
nachdachte, musste er lachen und pustete erneut seinen
vernichtenden Rauch in die Menge, die sich erschro-
cken duckte, die sich vor einer harmlosen Rauchwand
versteckte. Lieber wären sie gestorben, als zu zerfallen
und sich neu zu erfinden. Zum Schluss schnippte er seinen zurückgebliebenen Stummel in die Menge und verließ die Bühne. Einige hätten mit Sicherheit nicht vier-
zig Goldstücke zusammengespart, um diese Vorstellung
zu sehen, wenn sie gewusst hätten, was geschehen
würde. Aber so war das Leben: geheimnisvoll und überraschend. Wer hätte *anderes* erwartet?

Ob das Publikum geklatscht hat? Ich glaube nicht. Es
waren vereinzelte, die ihre Hände benutzten anstatt
ihren Kopf. Es waren vereinzelte, die das Stück nicht
verstanden hatten. Hätte der Protagonist sich ein Klatschen erwünscht? Nein, warum sollte man bei einer
solchen Szenerie klatschen, sich den alten Gepflogen-
heiten hingeben wie eine Marionette am längst gerisse-
nen Faden? Das war nicht die Aussage des Stückes. Was
war sie eigentlich, diese Vorstellung? Eine aufmerksam-
keitssuchende Heulsuse? Ein Stück, das das Leben nicht
verstanden hatte? War das Leben *doch* nicht so geheimnisvoll und überraschend? War das Leben eher trist und

grausam? Hatte jeder mit seiner *eigenen* Last zu kämpfen? Entscheidender ist es doch, so denke ich, *ich,* der dieses kleine Stück an dieser Schreibmaschine geschrieben und eben vollendet hat, was man selbst interpretiert und nicht das, was einem die anderen vorgeben.

So frage ich dich: *was denkst du?*

Das letzte Buch

Die kahle Hand des Staubes
klaffend auf dem Boden der Stille
Zurück bleibt nur ein halbes
Buch mit letztem Wille:

Schlag mich auf
Leg mich weg
Setz dich drauf
als wär ich Dreck

Bitte, nutz das Neue
weil ich mich gar scheue
vor der Wahrheit zu stehen
Es ist doch zu sehen

wohin wir uns schicken
Was werden wir erblicken?
Die Menschen nicht verstehen
wonach sie werden flehen

Leuchtende Seiten
verhärtete Einzelheiten
Alles ist im Plastikmüll
Ich wünscht', ich wär nicht still

Die Regale, sie verstauben
Die Zimmer, sie erkalten
wenn sie daran glauben
für was wir doch einst galten

So können sie nur lesen
wenn sie meinen, man gewinnt
wenn die Art des Stromes stimmt

Haut

Als er durch die Türe kam
wirkte seine erste Haut ganz unwirksam
Und die erste Haut, er zog sie aus:
Er wurd' zu einem brechlich' Graus

Als die Jacke er beiseitelegte
seine zweite Haut zu wagen pflegte
sie sanft zusammenpackte
und auf seinen Körper hackte

stand vor mir:
eine durchschaute Person

ohne Haut, ganze ohne Ton
angezogen wie davor
Die Stimmen, eine Illusion
entschwanden leis empor

Hässlich er sich fühlte
ohne die Haut, die ihn kühlte
Er nur leider nicht verstand
dass uns etwas *anderes* verband

Mein Abgrund

Es reißt *mich* in meinen Grund
Es reißt *mich* mit seinem Schlund
in die Tiefe und Verdammnis
wie ein dunkler, schwarzer Bund

Schwarze Farben fallen
über mich herein
Mit ihren Klauen und Krallen
befällt's die trockne Seele mein

Befällt die Kälte meine
Seele und Gebeine
ich daran zerbrechen mag
unter des kalten Eises Schlag

Die Nachtigall, sie singt
Ihr schöner Schall erklingt
Doch niemals sie gesehen
Leis' hört man ihr stilles Flehen

Ihr schönes Gewand
zeugt vom anderen Stand
Doch niemand will sie sehen
Niemand hört ihr Flehen

Der verlassene Pyjama

Etwas ließ Jeremy an diesem Pyjama nicht los. Irgend-was hatte dieser Pyjama an sich, das Jeremy mochte. Vielleicht war es die bläuliche Farbe, die etwas glitzerte, wenn man ihn ins Licht hielt oder es waren dann *doch* die weißen, ausgeblichenen Stellen, die ihn so einzigar-tig machten. Der Pyjama war so alt wie Jeremy selbst. Seit sechzehn Jahren trug Jeremy denselben blauen Py-jama; diesen mit den verschiedensten Knöpfen und den verschiedensten gemusterten Flecken. Irgendwo war auch ein Loch zu finden, ganz bestimmt. Man fand im-mer etwas Neues an diesem außergewöhnlichen Pyja-ma. Jeremy hatte auch einen Teddybären. Er nahm ihn immer dann in die Hand, wenn er mit seinem Pyjama unterwegs war, ihn angezogen an seinem Körper trug.

Wenn Jeremy zufrieden neben mir lag, dann war es, als würde sein Lächeln, das er in die dunkle Nacht verbreitete, ein leuchtender Schein sein. Ich konnte mich an seiner Freude niemals sattsehen. Es hatte *dieses gewisse Etwas*.

Jeremy ging es schlecht. Jeremy ging es nicht gut und Jeremy war alleine. Jeremy war nicht wie *ich*, er war kein Kind und auch kein Jugendlicher. Weder die Fähigkeit, ein Erwachsener zu sein, noch aus seiner verspielten Kindlichkeit herauszutreten, hatte er erreicht. Aber er schaffte es, den Pyjama zu behalten; den Pyjama mit den markanten Stellen und den Teddy in seiner rechten Hand. Ich hatte das Gefühl, dass der Teddy manchmal sein einziger Freund auf der großen weiten Welt gewe-sen war.

Ich beneidete ihn nicht. *Niemand* tat das. Warum hätte ich Jeremy beneiden, warum hätte ich ihm Auf-merksamkeit schenken oder ihn bemitleiden sollen? Niemand beachtete ihn. Niemand hatte ihm gesagt, dass er, auf welche Weise auch immer, *toll* oder etwas *Beson-*

deres gewesen war; selbst wenn: er hätte es mit Sicherheit nicht angenommen. Eines Tages hatte er mir mal gesagt, er sei das Schiff und sein Schicksal der Kapitän. Er würde den Kapitän nicht im Stich lassen und mit ihm gemeinsam untergehen. Jeremy lächelte dann wieder so schön und ich war ratlos. Hätte ich etwas sagen sollen? Er schien so undurchschaubar und doch so frei; frei von jeglichen Vorurteilen, frei von jeglichen Ansprüchen.

Nur weil Jeremy *anders* war, wurde er nicht zu etwas Besonderem. Was macht *Besonderheit* schon aus? Sollte Jeremy nur deshalb besonders sein, weil er mit diesem alten Schlafanzug durch die Wohnung lief und seit Jahren einen alten Teddy umarmte? Es waren nicht die Löcher in seiner Kleidung, das machte ihn gewiss nicht besonders. Ich glaube, etwas *Besonderes* zu sein, ist im Prinzip ganz einfach. Es ist *so* einfach, dass es für einige schon zu schwer gewesen war. Auch *wenn* Jeremy vollkommen *andere* Haare, vollkommen *unterschiedliche* Augen, nicht den schönsten Mund oder die schmale Nase besaß, nicht die reine Haut, die Knochen oder die besten Füße an sich trug, nicht den schönsten Körperbau und das gewisse *Etwas* hatte, war er dennoch nicht *besonders*. Er war ein ganz *anderer* Mensch gewesen. *Besonders* war ein ganz *anderer* Begriff geworden. Meinte Besonderheit früher vielleicht die Rarität, die Andersartigkeit? Irre ich mich oder habe ich mich in meinen Gedanken verloren? Besonders zu sein ist nichts weiter als ein klangvolleres Wort für Normalität. Du bist besonders, wenn du mit jedem kompatibel bist. Du bist erst dann einzigartig, wenn viele Leute, deine Freunde, dich so nennen. Einsame und traurige Menschen sind nicht besonders; zumindest nicht in dieser Welt. Vielleicht liegt es auch lediglich daran, dass wir viel zu viele geworden sind und gar keinen Platz mehr für die Rarität in unserem Weltbild haben, wir gar nicht mehr dazu fähig sind, diese allumfassende Aufmerksamkeit schenken können. *Besonders* sind doch heute nur noch die Menschen, die dieselben Frisuren tragen. Die besonderen Menschen sind die, die Hand in Hand mit der Masse gehen. Es sind *die* Menschen, die so handeln, wie du es dir erwünschen würdest. Sie haben dich hintergangen; mit jedem, den du kanntest.

Ich habe es auch getan.

Es waren dieselben Menschen, die *Besonderen*, die den Schmuck im selben Ohr trugen oder deren Charakter denselben Hass auf denselben *anderen* Menschen projizierte, den auch *du* hattest. *Das* sind unsere *wahren* Besonderheiten. Es sind die, die man täglich sieht, nicht die, die aus der Masse herausstechen.

Jeremy war potthässlich. Er war zu hässlich, um besonders oder um etwas Tolles, eine Begierde zu sein. Er stellte nichts dar, was man brauchte.

Ja, die *Besonderheit* ist heute nur noch eine Begierde. Wenn wir jemanden möchten, aus Liebe, so ist er doch etwas *Besonderes*. Das Wort war eine Lappalie, ein Begriff ohne Wert geworden. Für den kleinen, kranken Jeremy war sein löchriger Schlafanzug etwas *Besonderes*. Aus der Liebe zum Schlafanzug betitelte er ihn als *einzigartig*. Für mich war der Pyjama lediglich hässlich und ich hätte ihn weggeschmissen; den Schlafanzug mit den Löchern und dem kleinen Zeichen auf der linken Brust. Ja, das war *Jeremys* Pyjama. Das erkannte man sofort.

Jeremy hatte sich dieses Leben gewählt. Jeremy hätte sich ohne viel Mühe verändern können, eine Schönheitsoperation nach der anderen durchstehen, sich Schmuck stechen und einfach andere Schuhe tragen sollen, um etwas *Besonderes* zu sein. Aber er tat es nicht. Er selbst war sich wichtiger als die Gunst der anderen. Entsprechend musste auch *er* einen Preis bezahlen; für dieses Schicksal, diese Entscheidung. Am Ende müssen wir nämlich *immer* etwas begleichen. Und wenn wir nicht für schöne Sachen, für Schönheit bezahlen, begleichen wir den Preis mit unserer Geschichte, mit unserem Leben.

Eine Sache hatte er dennoch mit allen gemein. Er lächelte so schön, wenn es draußen regnete und die meisten nur die Sonne sahen.

Ich sprach vor einiger Zeit mal mit seinem Doktor über Jeremy. Es war die Zeit, als Jeremy an seiner alten Schreibmaschine saß und sein Lieblingsorchester hörte. Es war traurig, wie er schrieb. Es war vor allem traurig, *was* er schrieb. Doch es war *real*. Er schrieb nur das, was für ihn die Wahrheit gewesen war, und ich konnte nichts dagegen machen. Wenn er lächelte, dann war irgendwie *doch* alles gut. Es war die Zeit, als Jeremy immer und immer wieder dieselbe Musik hörte. Es war die Zeit, als es nicht mehr gut um Jeremy stand. Der Doktor sagte zu mir, die Krankheit sitze in seinem Kopf; die Krankheit, die ihn auffraß und sich über den ganzen Körper verbreitet. Für sie gibt es keine Heilung.

Das Leben von Jeremy war vorbei, das sagte er selbst. Jeremy war sechzehn Jahre alt und sein Leben sollte deswegen schon beendet sein? War das richtig? War das falsch? War das Leben beendet, wenn man nicht so wie die meisten war? Wenn man nicht *besonders* war, wenn man andere Sachen tat? Ich finde noch heute keine Antwort darauf. Das Leben beinhaltet doch mehr als *Liebe*, mehr als *Gleichheit* und mehr als *Besonderheit*. Aber vielleicht kann ich es nicht verstehen, weil ich einfach nicht dazugehöre. Zum ersten Mal fühle ich, wie es ist, wenn man ausgeschlossen wird. Gottseidank ist die Mehrheit in *meiner* Situation. Ich brauche keine Angst haben.

Dennoch freute sich Jeremy stets, wenn er die anderen sah; glücklich, weil sie *gleich*, weil sie *besonders* gewesen waren, weil sie *besonders* waren und er nur *anders*.

Man merkt, dass er auch eine gewisse Gleichgültigkeit an sich hatte. Vor allem abends überkam es ihn dann;

dann, wenn er alleine in seinem großen Zimmer saß und immer dieselben sentimentalen, kitschigen Texte schrieb, ihm eine große, nasse Träne nach der anderen die Wange herunterlief, er zitternd seine rote Tasse nahm und einen Schluck trank. Es war dann immer sehr schlimm. Abends holte ihn seine Freude ein. Je öfter er gelächelt hatte, desto trauriger wurde er, wenn die Sonne unterging und er nicht wusste, ob er ihren Aufgang noch einmal erblicken würde.

Das Schlimme an Jeremy war, dass er dachte, niemand möge ihn und er würde nicht beachtet werden. Er wäre ausgelaugt, am Boden. In seinem Jugendalter kam er in die letzte Phase seines Seins, darüber war ich mir sicher. Aber Jeremy redete nicht mehr. Er hatte nur seinen Pyjama, den er inzwischen von morgens bis abends trug. Ich konnte ihn nicht mehr davon abhalten.

Jeremy hatte eine Familie, zwei Opas, zwei Omas, eine Tante, einen Onkel und Cousinen. Er hatte jeden Menschen, den er sich vorstellen konnte. Aber Jeremy wollte niemanden mehr und niemand wollte Jeremy. Das realisierte er, als es bereits zu spät gewesen war. Jeremy fühlte sich wie eine Luftböe: Er war nur ein Hauch im Wind gewesen, störend, aber auszuhalten; nervig, aber endlich.

Jeremy wusste, dass es zu Ende gehen würde. Denn *das* war sein Ziel, *das* war es, wofür er sein Leben lang strebte und was sein innigster Wunsch gewesen war: Alle waren glücklich. Daran erfreute er sich. *Das* war es, was er sein ganzes Leben lang wollte. Doch wenn alle fröhlich gewesen waren und er nichts mehr abgeben konnte, wurde er *leer*, so war sein Nachtanzug nicht mehr an ihm; das wollte er nicht. Das verabscheute er.

Ich sagte ihm oft, ich habe ihn lieb. Es tat ihm gut, das zu hören und ich bildete mir ein, dass sein Herz in diesem Moment etwas schneller schlug und sein Blut etwas wärmer werden würde. Tauschen wollte ich mit Jeremy jedoch nicht. Das wusste er und lächelte mich bei diesem Gedanken, wenn er ihn in meinem Gesicht wahrnehmen konnte, verständnisvoll an. Es war wie der Tropfen auf dem heißen Stein: etwas Balsam, der dennoch nicht reichte, die Wunde zu schließen. Vielleicht war Jeremys Nachthemd das einzige, was ihm am Ende übrig blieb; das Nachthemd und die Musik. Das war *er*. *Das* war *Jeremy:* Jeremy und die Texte, die er schrieb. Sie verstaubten in der letzten Ecke seines Zimmers und wurden nicht gelesen. Nichts erhielt eine Beachtung.

Sein Kopf verstaubte im Grab, seine Texte in der Ecke und sein Geist, sein Geist war schon längst fortgeflogen, um sich auf dem nächsten Wipfel einen perfekten Tag auszumalen; einen Tag mit Sonne, ohne Regen, einen Tag, an dem er glücklich sein durfte, an dem er nichts geben musste und ein Tag, an dem Jeremy das Leben spüren konnte, an dem Jeremy ein Mann sein wollte, seine Schreibmaschine wegwarf und er etwas Besonderes war. Er war so schön, so begehrenswert, nicht mehr so klein und unbedeutend. Jeremy hatte das vollkommene Glück gefunden und das konnte man ihm nicht vergönnen. Ich wusste, was Jeremy mir gab und was ich dafür bezahlte: nichts. Jeremy kannte die liebe Linda, sie war eine seiner engsten Freundinnen. Er saß bei ihrer Beerdigung im Publikum. Er liebte Herrn Mauréz und rannte ihm nach, als sein Hut fortgeflogen war. Er sah Annie, aber sprach niemals mit ihr. Aber vor allem, vor allem liebte Jeremy seine kahlen Tritte, die er in den Sand der Küste setzte, als er für immer von uns ging und mir nur seinen blauen Pyjama ließ. Er nahm seine Gedanken und seine Texte mit sich. Er nahm seinen Körper, um in einer Welt voller Freiheiten und Toleranz endlich frei sein zu können.

   Im Sand hinterließ er etwas von Shakespeare. Er mochte ihn nicht, hatte er mir mal erzählt, aber das Zitat fand er unbeschreiblich schön.

> *» Leben ist nur ein wandelnd Schattenbild,*
> *ein armer Komödiant, der spreizt und knirscht*
> *sein Stündchen auf der Bühn und dann nicht mehr*
> *vernommen wird; ein Märchen ists, erzählt*
> *von einem Blödling, voller Klang und Wut,*
> *das nichts bedeutet. «*

Sein Nachthemd habe ich am Bügel hängen und ich bin mir sicher, irgendwo dahinten wartet Jeremy auf mich. Sein Lächeln und seine Schönheit warten. Und immer wenn es mir schlecht geht, dann beobachte ich ihn. Dann sehe ich, wie er sein Leben genießt und er mir dadurch immer noch mehr Mut, mehr Stolz verleiht. Er gibt mir in diesen Zeiten die Kraft, die ich brauche.

Ach Jeremy, du guter Mensch

28. Februar 2015

Die dummen Deutschen

Da stolzieren die Deutschen, die fetten
auf dem Polenmarkt mit Ketten
Sie feilschen und sprechen
wollen der Sachen Preise brechen

Sie verlangen Imitate
mancher Apparate
zu dem billigsten Geld
Erst dann sind die Deutschen ein Held!

Doch in ihrem schönen Lande
da beginnt die *wahre* Schande
Da reden dieselben Fetten
über ihre stolzen Ketten

der gar so schönen *Heimat*
Sie begehren über einen Rat
die ganzen Bösen
aus ihrem *Lande* zu lösen:

» Weg sollen sie!
Kommen wieder? Nie! «

Die dummen Deutschen labern
über Themen und hadern
mit der Wortwahl:
So waren die Nazis eine Qual

doch hatten natürlich auch *Gutes*
wie zum Beispiel ihren Mutes
stolz auf ihr Land zu sein
während sie tranken französischen Wein

Da stammeln die dummen Deutschen
mit ihrer Moral und täuschen
Abneigung vor
Aber sobald der ›Böse‹ tritt empor

redet mit ihnen, erklärt ihnen die *Situation*
So haben die Deutschen *plötzlich* Emotion

    Die Deutschen mit ihrer leeren Hülle
    mit ihren Werten, der Moral und ihrer *Gülle*

Freiheit

Freiheit
zu machen, was man kann
Freiheit
zu lieben den schönsten Mann

Freiheit
zu singen, was man will
Freiheit
auch zu sein mal still

Pass auf sie auf
auf deine Freiheit!
Pass auf sie auf
auf deine Leichtigkeit!

Allzu schnell vergessen
wie man *frei* sein kann
und wann stattdessen
die Gefangenschaft begann

Unsere Zeit!

Unsere Zeit
ist enttäuschend seit
letztem Jahr zum Heiligen Feste
sich ein Schleier auf die Bevölkerung setzte

Ein Schleier aus Hass und Gewalt!
Einige meinen, die Zeit komme nun bald
wo andere Menschen soll'n haben
Angst vor den geistigen Armen

vor denen, die meinen:
» *Wir*, wir wollen keinen
der uns beklaut und unser Land
ausbeuten wird, bis an den Rand! «

» *Wir*, wir wollen nicht
Angst haben vor dem, der uns nimmt die Sicht
Wir, nur *wir*, wir sind das Volke
und ihr, ihr unser dummes Gefolge! «

Diese Menschen, sie wollen
nicht nur bekämpfen das Böse und seine Kontrollen
sondern auch die Geflüchteten und ihre Gedanken
Sie weisen die *falschen* Menschen in die Schranken!

Seine Meinung zu äußern, das sei frei
Aber beachte, was du sagst bei
einer Gruppe, die selbst keinen ergibt
einen Sinn, und im Dunkeln hier tippt

Für die einen es ist ein gefundenes Fressen
für die anderen ein bloßes Kräftemessen
Pass also auf, was du von dir gibst
ein Mensch so du nicht mehr bist!

Unsere Zeit

Sie geben uns Angst vor Menschen, die *glauben*
und nicht andere berauben
Angst vor Menschen, die suchen
und laut nach unserem Frieden rufen!

Stoppt diesen Zug
der Menschen, die mit Trug
andere hassen
und sie nicht wollen leben lassen!

Es ist *unsere* Zeit!
Seid bereit
für eure Nachbarn zu stehen
und nicht bei den *Falschen* mitzugehen!

Zusammen wir können es *schaffen*
wenn wir uns nur zusammenraffen
und gegen sie sprechen
Wir können sie brechen!

Winter in Venedig

Im Nachhinein wundert es mich, ehrlich gesagt, nicht, dass Signorina Viola unsere Stadt besuchte. Es wurde nun mal kalt in Palermo, warum auch immer, und da muss man in solchen Situationen eben weg. Das haben mir meine Eltern anfänglich so erklärt. Da kann man nichts machen. Das klingt jetzt sicherlich viel einfacher, als es für Viola gewesen war. Irgendwo tat sie mir leid. Sie musste alles zurücklassen; von heut' auf morgen. Im Endeffekt konnte sie ja dann *doch* nichts dafür, oder? Um den genauen Sachverhalt zu ergründen, sollten wir Louis um Hilfe bitten, etwas an der Zeit spielen und uns in einer grauen Vorzeit wiederfinden. Genau genommen ist es gar nicht solange her, wie es jetzt klingt. Vielleicht siebzig, achtzig Jahre. Damals wurde es schon einmal kalt. Alleine der Gedanke an die Finsternis und die Dunkelheit bereitet mir Schrecken; dieses Misstrauen auf den Straßen, diese leeren Blicke und die dicken Mäntel. Sie waren so unnahbar, so unfassbar.

Diese Kälte
Dieses Grauen
Dieses *Splittern*

Die Menschen liefen auf den Straßen und fragten sich nicht: ›*Warum?*‹. Sie akzeptierten das, was um sie herum geschah. Denn irgendwie waren sie selbst schuld daran gewesen, dass es so kalt wurde. Damals wurde es kalt und jeder einzelne war schuld daran. Wir sind nämlich nicht nur dafür verantwortlich, was wir tun, sondern auch dafür, was wir nicht verhindern. Und diese Menschen damals, sie unterbanden *nichts*. Das alles geschah in Venedig; in der Stadt mit den schönen Flüssen, der Kunst, der Vielfalt! Es geschah überall, auch *wir* wurden nicht verschont, nicht mal unsere Erzählung. Die Kälte nahm sich alles, woran wir glaubten. Wir waren mittendrin. Venedig war im Zentrum, Venedig, mein schönes Venedig. Das Interessante war, dass es ein *Klassensystem* in der Kälte gegeben hatte. Anstatt dass die Menschen zusammenhielten, wenn es denn überhaupt möglich gewesen war, gab es eben die, die die Wärme *mehr* verdient hatten als die *anderen*. Der Überlebenswille rückte in den Hintergrund, die soziale Selektion war wichtiger als der Mensch an sich. Sie konnten sich nicht helfen, diese Menschen, die selektiert werden sollten. Die waren auf sich *allein* gestellt. Und obwohl — oder gerade *wegen* der Kälte fingen die Menschen an, zu vergessen, wer sie waren: nicht besser und nicht schlechter, sondern einfach *Mensch*.

Viola war doch auch nur ein Mensch. Ein Mensch mit der falschen Klasse?

Viola sah so aus wie ich, war sehr intellektuell, verhielt sich wie *wir*. Aber ein markantes Detail verriet, dass sie nicht zu uns gehörte, etwas, was man gar nicht sah, sondern nur in unseren Köpfen existierte. Die arme Viola, ihr armes Schicksal; sie tut mir so leid.

Später wollten einige Menschen wieder die Wärme zurück. Sie haben sich dafür eingesetzt; *für* die Wärme, für die Sonnenstrahlen, die lächelnden Gesichter und die offenen Herzen. Aber keiner kam so weit, die Kälte zu vertreiben, keiner schaffte es. Eher starben sie, wurden missachtet. So war es damals.

Natürlich kam irgendwie und irgendwann die Wärme zurück. Keiner konnte es so wirklich beschreiben. Irgendwann kamen dann auch all diejenigen wieder, die es schafften, vor der Kälte zu fliehen. Viele kamen wieder, viele blieben. Die Erinnerung, ja, glaube ich, die hat sie alle niemals losgelassen. Die war zu bedrückend.

Kälte ist in uns allen; bei einigen mehr, bei einigen weniger. Wir müssen aufpassen, dass sie uns nicht einnimmt. In Palermo hat sie schon um sich gegriffen.

Es geschieht wieder und wieder. Die Menschen ver-
schließen sich. Sie kümmern sich nur um ihr eigenes
Wohl. Wenn ich daran denke, dann zerbricht mein
Herz.

Aber auch *hier,* hier in Venedig, war niemand
mehr sicher gewesen. Es begann. Es begann in unseren
Köpfen. Wir alle lächelten Viola an. Wir alle lächelten
und zeigten ihr nur, wie gerne wir sie doch mochten.
Natürlich haben wir uns mit ihr unterhalten und ihr
immer unsere Hilfe angeboten, doch *gehandelt* haben wir
nicht. Niemand hat gehandelt, kein einziger Mensch,
nicht meine Eltern und nicht einmal *ich.* Wir haben ihr
unsere Freundschaft ausgesprochen, doch es brachte ihr
nichts. Es hat ihr nichts genützt, weil es nicht *ernst*
gemeint war. Unsere Worte waren egal geworden, denn
eines Tages hat sie nur noch auf unsere Taten geachtet.

Die Menschen vergessen, sich um *andere* zu
kümmern, weil die *anderen* einem häufig das Gefühl
geben, dass ihre Probleme und Gefühle niemanden etwas angingen. Menschen werden auf voller Straße ent-
führt und verprügelt, weil viele Menschen einfach nicht
handeln können und wollen. ›*Es könnte ja sein, dass* …‹ ist
die neue Ausrede. Es könnte ja sein. Wenn jemand bemerken würde, wie leicht es ist, wieder eine Menschen-
gruppe unter dem Vorsatz einer abstufenden Wertigkeit
auszuschließen, dann —. Ich will gar nicht daran
denken.

Auch ich war schuld daran, dass irgendwann Viola weg
gewesen war. Ich hoffe, dass sie die Kälte überlebt, dass
sie Wärme findet. Ich hoffe es so sehr für sie. Aber *noch*
ist diese Kälte nicht vorbei. Es ist erst der Anfang. Das
kann man vergleichen mit Nebel. Nebel kommt auch
plötzlich, schleichend. Nebel sieht man nicht, wenn er beginnt. Man sieht ihn erst, wenn man ihn nicht mehr
aufhalten kann und man durch die Dunkelheit rennt.

Ich fürchte um mein Leben, um Viola, um meine
Mitmenschen. Ich habe Angst davor, dass es wieder

splitternde Nächte geben wird, wie sich plötzlich Türen schließen und nie wieder geöffnet werden. Jeder kann etwas verändern. Kälte kommt nicht *einfach* so, sie kommt langsam. Seht auf die Straßen! Menschen, seht die Kälte. Seht sie und fühlt sie. Lasst euch nicht einnehmen, schottet euch davon ab. Strahlt die Wärme aus, *seid* die Wärme! Menschen, ihr seid unsere Rettung. Haltet diese Kälte, haltet diese Spaltung auf. Seht, was geschieht: ihr, ich, wir. Nur *wir* können sie aufhalten. Wir sind *jetzt*. Es kommt nur auf *uns* an.

Und so wurde es Winter in Venedig. Während die ersten Schneeflocken ihren Weg nach unten tanzen und die Blätter langsam von den Bäumen verschwinden, sich die Menschen um ihr kleines Feuerlein setzen und die Türen und Fenster verschließen, bemerken sie doch alle nicht, wie wenige sie noch sind, wie wenig sie doch sehen, wie wenig sie doch fühlen.

Nachwort

Ich habe eine Karte von Viola bekommen, obwohl wir uns nicht einmal richtig kannten. Sie lebt jetzt in Frankreich, hat sie mir geschrieben. Sie lebt ganz klassisch an der Côte d'Azur in einem kleinen Haus mit einer Katze und vielen netten Menschen, die sie begleiten. Sie ist sogar Sängerin geworden.

Und das, obwohl sie doch so anders war.

Wie ich mich für sie freue. Viola floh für unser Glück und ich hatte nicht einmal den Anstand, es ihr zu sagen.

Ach, Viola

19. Oktober 2015

Nachtrag

Gewidmet meiner Deutschlehrerin

Einen letzten Fall ich noch erzähl':
Da sitze ich und wähl'
die Wörter vom Gedanke
bei wem ich mich bedanke

Ich danke der und den'n
und vergaß zu seh'n
die wichtigste Person
So scheint es doch ein Hohn!

Ich vergaß so den Charakter
Er war noch mehr *abstrakter*
Ich meine, es muss sich doch was reimen
ohne hier zu schleimen

Und so saß ich vor'm Gedicht
diesem hier, ein kleines Licht
für die Person in finst'ren Zeiten
auf diesen hoffnungsvollen Seiten

Ist sie doch der Anfang und das Ende
vielleicht auch die *Wende*
Die erste und die letzte
weshalb ich ihre Namen setze

auf die Seiten dieses Buchs

Inhaltsverzeichnis der Erzählungen

Inhaltsverzeichnis der Gedichte

Danksagung

Besonders danken möchte ich an dieser Stelle meiner Deutsch- und Geschichtslehrerin Frau Günther, die mich immer herzlich betreute, meiner Psychologielehrerin Frau Zurawski und meiner Religionslehrerin Frau Fichtner. Auf meinem Weg zu diesem Buch halfen sie mir mit ihren schätzenden Worten, hilfreichen Antworten und ihrer toleranten Einstellung zu ihrer und meiner scheinenden Andersartigkeit.

Fehlen darf natürlich auch nicht meine beste Freundin, *Sarah Schulze*, die seither meine größte Stütze ist und mir vor allem bei der Fertigstellung dieses Buches geholfen hat.

Ohne die Mühen von *Viktoria Pietsch* gäbe es in diesem Buch ebenfalls nicht die wunderbaren Illustrationen vor jeder Erzählung. Auch bei ihr möchte ich mich in höchstem Maße bedanken, dafür, dass sie meinen Figuren Leben eingehaucht hat. Für die Zeichnung zur Erzählung » Schäfchenwolken « ist *Annemarie Schmidt* zu danken. Vielen Dank an *Hannah Molkenthin*, die die Illustration des Titelblatts und der kommenden Seite kreierte. Zum Schluss möchte ich *Sabina Pawlowska* hervorheben, die das Cover kreierte. *Jasmin Bendaoud* danke ich für die Fotographie.

In der Hoffnung, die Welt besser zu machen

DIE BANALITÄT DER ANDERSARTIGKEIT ist ein Werk über die Vielfalt unserer Gesellschaft, unserer *Gemeinschaft*, ein Werk über die Vielfalt unserer selbst. Dieser Band ist gespickt mit Erzählungen und Gedichten, die den Lesenden aufzeigen sollen, wie *verschieden* wir sind, welche *Andersartigkeit* uns ausmacht und dass das, was uns *unterscheidet,* kein Faktor für einen angeblichen Wert ist, der uns von Leuten, die sich als normal betiteln würden, des Öfteren abgesprochen wird. Die Banalität der Andersartigkeit soll jeder Person, die das Buch in der Hand hat, aufzeigen, wie schön es ist, *anders* zu sein und dass niemand das Recht hat, uns unsere Andersartigkeit abzusprechen, sie zu verteufeln oder uns ihretwegen auszugrenzen. Wir sind anders. Wir sind mehr. Wir können die Welt verändern.